Couverture Sébastien Bonnecroy, *Vanité à la pipe*, 1641, Strasbourg Musée des Beaux-Arts.

Crédit photo Musées de Strasbourg, M. Bertola.

Éric Hervieu

VARIATIONS CRIMINELLES SUR UN THÈME ALCHIMIQUE

Roman

© Éric Hervieu, 2022
Édition : BoD – Books on Demand, info@bod.fr
Impression : BoD – Books on Demand,
In de Tarpen 42, Norderstedt (Allemagne)
Impression à la demande
ISBN : 978-2-3224-2646-1
Dépôt légal : Juin 2022

Le Code de la propriété intellectuelle interdit les copies ou reproductions destinées à une utilisation collective. Toute représentation ou reproduction intégrale ou partielle faite par quelque procédé que ce soit, sans le consentement de l'auteur ou des ayants cause, constitue une contrefaçon sanctionnée par les articles L.335-2 et suivant du code de la propriété intellectuelle.

Le genre humain complet comme au jour du remords.
Tout parlait à la fois, tout se faisait comprendre.
V. Hugo, La pente de la rêverie, *Les Feuilles d'automne*.

Du même auteur

Beltassar, roman, Éditions Le Passeur/Cecofop, 1999.

Les Désertiques, roman, Éditions Le Passeur/Cecofop, 2002.

L'Intimisme du XVIIIème siècle, Éditions L'Harmattan, 2005, coll. "Ouverture philosophique".

Encyclopédisme et poétique, Éditions L'Harmattan, 2006, coll. "Ouverture philosophique".

Histoire des ongles, essai, Éditions L'Harmattan, 2017, coll. "Acteurs de la science".

1

Solve et coagula

"Vu de loin, on aurait dit une branche d'arbre brûlée, les restes d'un feu". Le témoin ne cesse de répéter cette phrase aux enquêteurs qui l'interrogent. Une branche, d'une forme étrange cependant, composée d'une section principale d'où s'élancent à chaque extrémité deux ramifications tordues, carbonisées, dressées vers le ciel, encore fumantes.

En approchant, il se ravisa : trop boursouflé pour être du bois, pas assez noirci pour être une branche… Entre deux rameaux figure une excroissance importante, arrondie, au milieu de laquelle apparaissent deux courtes rangées de tâches blanchâtres, exactement comme des dents : "Vu de loin, on aurait dit une branche d'arbre brûlée, les restes d'un feu".

C'est bien le corps calciné d'un être humain.

Les lieutenants de police Nazaire Lode et Villar Costello envoyés sur les lieux ne relèvent aucune évidence, ni même aucun signe de crémation. Les policiers déployés dans le secteur, passant au peigne fin les fourrés, les taillis, les buissons, n'ont guère plus de chance. Rien, en dehors d'empreintes de chaussures pointure 42, d'une marque et d'un modèle fort répandus, ainsi que des traces de pneus à travers la forêt, depuis la route nationale jusqu'à la clairière où gît le cadavre. Maigre récolte.

Selon toute vraisemblance, on l'a brûlé ailleurs avant de s'en débarrasser ici, au sortir de la ville. De l'avis des enquêteurs, plutôt confiants dans une issue rapide de l'affaire, la configuration signe le crime sans le moindre doute. La pauvreté des indices relevés sur place indique suffisamment qu'on se trouve en présence de professionnels, de ceux qu'impliquent par exemple les règlements de compte dans les trafics de drogue ou les réseaux de prostitution.

Vu l'état du corps, les conclusions de l'autopsie n'offrent qu'un intérêt limité. Elles permettent néanmoins d'apprendre que la victime est un homme de race blanche, âgé d'une cinquantaine d'années, mesurant 1m70, 1m80, et qui, détails effrayants, a été aspergé d'essence puis brûlé vif. Ces pratiques jugées plus dignes d'une organisation criminelle, puissamment structurée, que du milieu local proprement dit, expliquent que les quelques informations obtenues rapidement, auprès des repris de justice des environs, ne donnent rien de probant. On renonce à poursuivre dans cette voie, estimant que, s'il s'agit véritablement d'un règlement de compte entre gangs, on ne tarderait pas à en connaître la suite.

Les secondes investigations s'orientent donc naturellement du côté des personnes portées disparues. Or, compte tenu des rares signes d'identification, les bureaux sont très vite encombrés d'une trentaine de fiches d'hommes de cinquante ans dont les disparitions ont été enregistrées durant ces derniers mois. Seulement, convaincus d'avoir affaire à l'exécution d'un obscur trafiquant, passeur, revendeur, ou d'une personne fréquentant de près ou de loin le banditisme, plutôt de près d'ailleurs, les lieutenants Lode et Costello privilégient ceux dont le parcours, la situation ou le domicile, peuvent supposer ce genre d'activité, de fréquentation, voire de mauvaise rencontre.

Cette conviction anime surtout Villar Costello. Pourtant jeune officier, il a déjà pris l'habitude, en matière de crimes et de délits, de ne jurer que par la ville basse. Aussi se tourne-t-il exclusivement vers les quartiers défavorisés et les endroits peu fréquentables. Il est vrai que l'expérience des anciens lui donne souvent raison. Une immersion de quelques heures permet parfois d'y surprendre quelque obscur trafic. Il suffit alors de questionner les auteurs, de menacer, de marchander, pour obtenir les renseignements souhaités et même au-delà, un vrai confessionnal.

Malgré la neige qui tombe en abondance, ils visitent les bars, les boîtes de nuit et les salles de jeux, à la recherche d'un certain Numa Gailord, âgé de cinquante-deux ans, soupçonné de proxénétisme, dont les amis sont sans nouvelles depuis deux semaines.

Pour tout résultat, ils reviennent avec une information inattendue. Elle concerne un individu d'origine lituanienne qui a la manie de se déplacer en portant toujours sur lui un flacon de pétrole qu'il utilise à la manière d'une arme. Des témoins l'ont vu le pointer sur un homme, une allumette enflammée à la main. Mais apparemment, il n'y aurait aucun lien entre ce lituanien et M. Gailord.

De son côté, Nazaire Lode éprouve des sentiments opposés. Le phénomène se produit souvent dans leurs enquêtes. Les déductions des deux policiers s'accordent rarement, et l'on n'a jamais vu de binôme aussi mal constitué.

Ce corps calciné, abandonné en pleine forêt, comme tombé du ciel, sans un seul indice, pas même une bague, une montre, un bouton, ne ressemble guère selon lui aux méthodes du grand banditisme, spécialement pour les règlements de comptes. Si en plus il s'agit de faire un exemple, leurs auteurs tiennent au contraire à ce qu'on le sache, et prennent rarement tant de précautions.

Toutefois ces arguments n'entament pas les positions de Villar auxquelles Nazaire doit se ranger dans la mesure où, si le premier n'est pas le plus ancien des deux, ni le plus âgé, il bénéficie néanmoins d'une bien meilleure considération auprès de la hiérarchie, ce qui équivaut largement à un grade supérieur. Leur chef direct a coutume de s'adresser à Costello lorsqu'il veut se tenir informé ou préciser un point, Lode suit. Ce dernier s'en accommode plutôt bien, sans donner l'impression de le déplorer secrètement, moins encore d'en souffrir. Il reconnaît volontiers son manque d'assurance, à l'inverse de son collègue plus apte à prendre des décisions rapides ou à déterminer une orientation dans les commencements d'une affaire. Lode semble affecté d'une espèce d'inertie qui le rend incapable d'adopter dans l'immédiat une position ou de définir un axe de recherche, aussi rudimentaire soit-il. Ce n'est qu'après plusieurs jours, sinon davantage, qu'il parvient à se prononcer. Dans l'urgence, il se révèle proprement inefficace, et si on le presse de formuler un jugement, il se bloque. Inutile d'insister.

Précisément, dans cette enquête, le dimanche suivant la découverte du corps, Nazaire Lode se rend seul sur les lieux, sans en aviser son collègue, intrigué sans doute par cette absence presque rigoureuse d'indice. L'auteur du crime en effet ne s'est pas simplement débarrassé du cadavre, il l'a posé au milieu d'une clairière. Certes, celle-ci se situe assez profondément en forêt, cependant le week-end l'endroit est d'ordinaire fréquenté par des promeneurs et des sportifs. Les habitants de la ville aiment s'y retrouver en famille, même en hiver. C'est d'ailleurs l'un d'eux qui alerta le commissariat.

Manifestement, le criminel désirait que l'on découvre le corps ; sans parler d'une mise en scène, en tout cas, il fut à peine dissimulé. Ce raisonnement aboutit à la conclusion qu'un détail dut échapper aux équipes de policiers qui se sont succédé sur le terrain. Cependant la neige de ces derniers jours change considérablement les lieux, lesquels apparaissent au lieutenant Lode sous un aspect nouveau, plus lumineux, plus étendu, avec une sorte de banc de pierre sur le côté, entre deux chênes, au point qu'il pense, sur le moment, se tromper d'endroit.

Sous le banc justement, à l'abri, avec le soleil déclinant, un objet se met à scintiller. Se baissant, Lode aperçoit une petite pièce métallique, semblable à une pièce de monnaie. Elle est frappée sur l'une de ses faces d'une sorte de sceau représentant un serpent avec un homard ou peut-être une écrevisse que ceinture cette inscription incompréhensible : *Solve et Coagula*.

En d'autres circonstances, il aurait glissé la médaille dans le fond d'un tiroir de son bureau avant de l'oublier. Mais là, le deuxième mot retient son attention. Il n'est même pas étonné de ramener quelque chose de sa visite improvisée, en dépit de la neige qui recouvre tout, bien qu'elle soit ici, dans cette clairière en partie protégée par les arbres, d'une assez faible épaisseur.

Ramener quelque chose, c'est beaucoup dire. *Solve et Coagula*. L'examen de la pièce, en métal doré, sans valeur marchande, ne comprend aucune empreinte. On estime que sa fabrication date du début des années soixante, 1962 peut-être 1963, et qu'elle entrait dans une collection vaguement numismatique qu'une marque de café joignit à ses produits pour fidéliser sa clientèle, ainsi que le rappelle le nom gravé au dos de la médaille. Selon un vieil employé du laboratoire de la police, ancien bedeau, cette inscription latine signifie "Dissolution et Coagulation".

Pour le lieutenant Lode, qui repart avec la pièce dans son porte-monnaie, la présence de cet objet sur les lieux du crime demeure troublante. Car enfin, si on l'a égaré, ce doit être récemment, sans quoi il aurait été fortement oxydé. Qui pouvait bien se promener en ayant sur lui un tel objet publicitaire, sans aucune valeur, vieux de quarante ans ? Un enfant qui serait passé par-là, un enfant parmi ceux qui emportent toujours dans leurs poches des tas de choses insolites, tout et n'importe quoi, un jouet, un autocollant, un bonbon…, une médaille ?

Costello considère débonnairement la trouvaille, faisant à juste titre remarquer qu'une forêt comme celle-là, aussi dense, aussi ancienne, renferme sûrement des montagnes d'indices, et même tous les indices du monde, pour peu qu'on laisse traîner ses yeux sur le sol.

De surcroît, il faut l'avouer, cette pièce en métal doré manque cruellement de sérieux – "Pourquoi pas en plastique !" – et les criminels sont au contraire des individus qui attendent et requièrent du sérieux. Ce que Lode ne peut évidemment contester.

Il y a plus urgent à faire. L'arrestation de ce Lituanien, ou de ce Letton comme certains l'appellent également, spécialisé dans le racket, qui menace ses victimes en brandissant sur elles une allumette enflammée après les avoir aspergées d'essence. Le scénario est désormais tout indiqué. Il aura mis une de ses menaces à exécution, peut-être pas dans l'intention de tuer, mais la texture très inflammable des vêtements de la victime pourrait l'avoir transformée en torche vivante en quelques secondes. Trop tard pour tenter quoi que ce soit ; trop tard pour la sauver. Selon le commissaire, la capture de cet homme représente une priorité absolue : "Absolue, vous comprenez !"

Le suspect est appréhendé deux jours plus tard en sortant de chez lui, une fiole de pétrole dans sa poche, en flagrant délit pour ainsi dire. Durant l'interrogatoire, il nie être l'auteur du crime et même davantage, il nie tout en bloc.

De son nom Meli Gora, il n'est en réalité ni d'origine lettone ni lituanienne, mais moldave et se fait appeler "Calcul". Officiellement, il travaille dans un entrepôt situé à l'est de la ville basse, en tant que conducteur d'engins, cariste pour est précis. Son domicile est à deux pas, dans une bâtisse à moitié en ruine. Bientôt perquisitionné, on y découvre tout un stock de vieux jerricans de l'armée contenant du pétrole, une dizaine au total, empilés dans la salle de bain, l'équivalent de 200 litres. Cette réserve constitue une preuve suffisamment accablante aux yeux des autorités judiciaires pour écrouer le suspect sans attendre. Son explication selon laquelle ce combustible est destiné au chauffage de son appartement n'a convaincu personne. Ses déclarations sont d'autant moins convaincantes que les enquêteurs constatent que Gora chausse du 42, exactement la pointure des empreintes relevées sur la scène de crime.

Par acquit de conscience, on effectue quelques prélèvements des jerricans afin de vérifier s'ils correspondent d'une manière ou d'une autre aux conclusions du médecin légiste.

D'une façon proprement surprenante, les experts s'aperçoivent que l'un des jerricans contient de l'acide sulfurique concentré, autrement dit du vitriol. Ils en déduisent aussitôt que ce racketteur se double d'un proxénète, ou qu'il est en étroite relation avec le proxénétisme, car – le procédé est bien connu – les filles qui s'apprêtent à fuir la prostitution ou qui refusent de se soumettre sont parfois vitriolées à titre de leçon et d'exemple. Ce vitriol ferait également le lien avec l'homme disparu, Numa Gailord, également soupçonné de proxénétisme. On peut supposer que Gora l'aurait éliminé pour s'approprier son affaire.

Avec cette nouvelle découverte, les derniers scrupules tombent. Il n'y a plus aucune réticence, plus aucun état d'âme. Le suspect n'appartient plus seulement à la catégorie des hommes dangereux, il passe dans celle des "pires prédateurs". Gora proteste, ce vitriol ne le concerne pas, il n'en a jamais acheté, jamais commandé, jamais utilisé. C'est bien simple, il ignore tout du vitriol, de celui-ci comme de tous les autres. Le livreur s'est sûrement trompé ou bien le distributeur, ou bien encore la police qui l'aura placé chez lui pour l'accabler davantage, satisfaire la presse régionale qui, conséquence d'une actualité pauvre, revient sans cesse sur cette affaire de "l'homme brûlé vif".

Impressionnés par la perquisition, surtout par la quantité anormale de combustible stockée dans l'appartement, les lieutenants Lode et Costello estiment que cette enquête, promptement menée, entrevoit là son terme. Elle n'est pas loin d'être close. Il ne reste plus que de menus détails à régler, quelques enchaînements à clarifier, des rapports à établir, la paperasse à terminer, après quoi chacun rentrerait chez soi. Le commissaire Basagran peut féliciter ses équipes, lui qui, hier encore, déplorait que ce meurtre ait été perpétré au moment précis où la province connaissait le plus bas taux de criminalité de son histoire.

2

L'œuf et le glaive

Revenu chez lui plus tôt que prévu, l'inspecteur Nazaire Lode en profite pour se détendre un peu. Assis dans son fauteuil, il met un CD de musique classique, toujours le même, le seul qu'il possède pour être exact, celui offert avec l'achat de la chaîne hi-fi, le morceau le plus reposant, le n°4. Il en ignore le titre. La pochette a disparu, un chœur chante *Tous les chagrins sont calmés*. Il aime les voix.

Certains soirs, de retour du travail, Lode prend plaisir à rester dans la pénombre pour écouter cette musique, rarement une autre, il en programme la répétition sans fin. Lorsque sa femme, Nelly, est de service de nuit à l'hôpital, il lui arrive même de s'endormir ainsi. Le lendemain, invariablement, les voisins se plaignent : "Une vraie rengaine, et c'est d'une tristesse !"

Elle avec son métier, lui avec le sien, le couple ne se retrouve pas souvent. Aucun risque de se lasser l'un de l'autre. Cette situation est d'ailleurs à l'origine de tensions, de disputes récurrentes entre eux, Nelly refusant d'échanger son service de nuit pour un service de jour ; Nazaire s'opposant à l'idée de quitter la police.

Ce n'est pas que cette fonction de policier lui tienne particulièrement à cœur, mais il se heurterait ensuite au problème de la reconversion. Ce n'est pas le tout de démissionner, encore faut-il avoir un projet. Et que faire après ? Détective privé, responsable d'une équipe de vigiles, de transporteurs de fonds ?

Il pourrait encore demander un autre poste au commissariat avec des horaires réguliers, moins aléatoires, comme ceux que l'on accorde habituellement aux vieux collègues près de la retraite, enregistrer les plaintes, classer les dossiers…

Ces solutions ne l'enchantent guère et risquent de se révéler plus âpres que les difficultés actuelles. Alors en attendant de trouver une issue capable de les satisfaire tous les deux, il reste à sa place.

Pourtant, à mesure que les années passent, Nazaire se sent de moins en moins fait pour cette profession, depuis septembre 1996, sept ans et quatre mois exactement, qu'il l'exerce. Cela ne ressemble à rien de ce qu'il imaginait au départ, imagination en partie inspirée il est vrai par des séries télévisées, genre *L'As de la crime.*

Son père, huissier de justice, l'avait encouragé à faire du droit, des études difficiles pour lesquelles il n'éprouvait qu'un intérêt modéré, au terme de quoi la perspective d'emprunter une voie identique à celle de son père – devenir huissier à son tour – ne rencontra en lui aucun succès, suscitant même une espèce de répulsion.

L'un de ses amis l'informa alors du concours d'inspecteur de police. Ils le préparèrent ensemble, son ami échoua à dix points près. Et maintenant, il faudrait envisager, entreprendre autre chose, changer de voie. C'était bien la peine. Si au moins on lui avait donné pour partenaire un collègue moins rigide, plus décontracté, en un mot plus sympathique ; si au moins il s'entendait bien avec lui comme ce fut le cas avec le précédent.

Dès le premier jour ça n'a pas marché entre eux.

Puis, il y a cette ville frontalière, traversée par un gros fleuve calme et lourd, entourée de montagnes, de forêts sombres, où ils sont venus s'installer. En hiver le soleil disparaît à trois heures de l'après-midi, une vraie catastrophe. Lui qui vient d'un bord de mer, il voyait l'horizon, les nuages arriver comme les éclaircies. Ici, le ciel est si petit, si bref, si court, une misère ; sans parler des températures souvent glaciales. Il neige parfois en juin. Bien sûr, Lode peut toujours demander une mutation pour des climats moins austères, cependant sa femme se montre plutôt réticente à l'idée de s'éloigner de sa famille qui vit à quelques kilomètres de là, sur les hauteurs. Le problème reste entier.

Les neiges de décembre fondent rapidement, trop tôt pour tenir, il faut attendre celles du mois suivant ou de février. Un matin, la police est appelée dans un ancien quartier populaire dit des Alouettes, en partie abandonné, au nord de la ville basse, un quartier insalubre destiné à la démolition. Il s'agit d'un groupe d'immeubles construits à l'époque des tanneries, vers la fin du $19^{\text{ème}}$ siècle, pour loger les ouvriers et leur famille. Faute d'entretien, ces bâtiments ont fini par devenir inhabitables. De nombreux rez-de-chaussée ont été condamnés, les portes et les fenêtres murées, cela n'empêche pas d'y surprendre régulièrement des squatters et des marginaux. Dans l'un d'eux, rue Mancion, se trouve le local désaffecté d'une ancienne teinturerie. C'est précisément dans celui-ci que sont appelés les policiers.

On vient de repérer à l'intérieur, dans un bac, une sorte de liquide épais, noirâtre, presque une pâte, qui répand une odeur pestilentielle dans tout le secteur. De ce cloaque émergent une main humaine, des éclats d'os et des morceaux d'étoffe mêlés à des lambeaux de chair. En entrant, les policiers manquent de défaillir, bien plus par l'odeur que par la vision ; du reste, la pièce est plongée dans une demi-obscurité que traversent seulement quelques rais de lumière provenant des lucarnes. L'atmosphère lugubre couplée à l'état d'abandon de cette ancienne teinturerie semble saisir davantage les enquêteurs que la scène de crime proprement dite.

Quelques renseignements glanés ici et là révèlent assez vite que ces lieux ont déjà été mêlés à une affaire criminelle, près de vingt ans auparavant, l'*Affaire Albert Carolus*. Le lieutenant Lode se promet de ressortir le dossier sitôt que les circonstances le lui permettront, disons au premier moment de libre, tandis que son collègue juge cette initiative ridicule. Une équipe de quatre spécialistes de l'*Identité judiciaire*, montée spécialement de la métropole régionale, vient fouiller l'endroit, dotée d'un matériel imposant et sophistiqué.

Ceux-là furent un peu plus chanceux que leurs collègues provinciaux dans le meurtre précédent, avec cette nuance qu'ils n'enregistrent pas une ou deux mais une multitude d'empreintes digitales, la plupart différentes les unes des autres. Dans leur collecte, on compte aussi de vieux vêtements ramassés dans des flaques d'eau, une paire de chaussures usées, un sac d'ordures ménagères, une boîte de plaques métalliques émaillées de couleur blanche et diverses pages de magazine déchirées.

Deux de ces pages, comprenant un dessin et une photographie, attirent les regards des experts. Le premier représente un homme brisant un œuf avec un glaive, l'autre montre des fidèles à l'intérieur d'une église durant la messe. Cette dernière retient particulièrement leur attention.

Quant au contenu du bac dans la teinturerie, les premiers bilans de laboratoire notent que les morceaux de chair et d'os, ainsi que la main, sont les restes d'un corps de femme, âgée d'environ soixante ans, qui a été plongée dans un bain d'acide sulfurique, en quantité toutefois insuffisante pour le dissoudre complètement.

De l'acide sulfurique, autrement dit du vitriol. L'analyse ne permet pas d'indiquer avec certitude si la victime a été tuée au préalable. En revanche, pour les morceaux d'étoffe, certains croient reconnaître les restes d'un maillot de football. On parle du Standard de Liège.

Les lieutenants Lode et Costello se rendent aussitôt à la maison d'arrêt où Meli Gora est emprisonné afin de l'interroger à nouveau. D'après les résultats du laboratoire, le crime remonte à quarante-huit heures, c'est-à-dire à un moment où Calcul jouissait encore de sa liberté.

De la même façon qu'il nia le premier crime, il nie celui-ci tout aussi énergiquement. Les menaces réitérées d'une condamnation à perpétuité ne changent rien, ni le rappel des charges les unes après les autres, les bidons d'essence et de vitriol trouvés dans son appartement qui édifieront pour n'importe quel jury la preuve incontestable de sa culpabilité. Calcul répète la même chose. Le bidon de vitriol ne lui appartient pas, quant aux autres, ils sont destinés à son chauffage. Inutile de revenir là-dessus.

Les conditions de cet autre meurtre, que de nombreux journaux rapportent avec un fort souci du détail, émeuvent profondément l'opinion publique, d'autant plus qu'elles suscitent pour la première fois l'intérêt de la presse nationale, particulièrement celle de la capitale. Pour le précédent, les journalistes soulignèrent largement son caractère abominable, en insistant sur le fait que la victime avait été brûlée vive, ainsi que le précisait le rapport du médecin légiste. Pour le second crime, ils se déchaînent, concluant sans attendre qu'il en est de même et que le criminel a plongé sa victime vivante dans le bain d'acide : "Pourquoi aurait-il changé de méthode ?"

L'avocat de Meli Gora, désigné d'office, expose publiquement toute la difficulté de sa tâche :"Les crimes de mon client sont immondes, il est indéfendable, mais la loi exige qu'il ait un défenseur. C'est tombé sur moi."

D'ores et déjà, on réclame la peine la plus lourde et l'ouverture d'un procès dans les plus brefs délais. Les partisans du rétablissement de la peine de mort se réveillent. Quelques-uns manifestent devant le palais de justice.

Le préfet, des autorités, des hommes politiques locaux, se succèdent sur les lieux du drame pour faire des déclarations.

Le député maire, Cristophe Amone, véritable figure emblématique de la province, systématiquement réélu depuis vingt ans, à la mairie comme à la députation, et qui brigue un nouveau mandat, fait une allocution véhémente contre la délinquance et la criminalité : "Fléau des sociétés modernes, hontes du genre humain !"

Ce fut le thème majeur de sa dernière campagne grâce auquel, selon certains commentateurs, il doit d'avoir été réélu en dépit de ses démêlés avec la justice dont l'issue demeuraient et demeurent encore incertaines. Pesaient sur lui des soupçons de corruption, de détournements de fonds et d'abus de biens sociaux qui ne sont toujours pas levés.

Un journaliste de la presse locale, peut-être plus inspiré que les autres, suppose des assassinats, des cadavres encore cachés. L'hypothèse est reprise par tous et, favorisée là aussi par une actualité pauvre, prend une ampleur inattendue. On cherche partout. Des initiatives s'enchaînent et s'accélèrent. Spontanément, des groupes de citadins, de villageois se constituent pour battre les campagnes, les forêts, sonder les fossés, les taillis, les ruines, retourner les sous-sols et les cités de la ville. Les remous de cette exaltation atteignent les lieutenants Lode et Costello qui sont rapidement dépassés par les événements.

Événements d'ailleurs, Nazaire le croit volontiers tant ces meurtres le déroutent et le deuxième ajoute davantage à la confusion. Toutefois, il ne peut s'empêcher de penser au sens de l'inscription gravée sur la pièce en métal, ramassée dans la clairière, "dissolution et coagulation", rapprochant naturellement le premier terme des restes de cette femme dissoute dans l'acide, mais aussi du corps carbonisé, presque réduit en cendres, comme dissout en quelque sorte. C'est presque trop simple.

Il hésite à en parler à son collègue Costello d'autant que, sans avoir à réfléchir, le lien entre les deux affaires est clairement établi, presque nécessaire, incarné par Meli Gora lui-même, celui que les médias ont déjà baptisé "le Calcul meurtrier".

Sa remarque ne change pas grand-chose à la situation. Qui plus est, d'autres enquêteurs improvisés parmi les journalistes, qui se penchent activement sur l'histoire et le passé de Gora, constatent en maints endroits des relations étroites avec le mysticisme et la ferveur religieuse.

Le prévenu fut enfant de chœur et, selon certains proches, il aurait même hésité une fois devenu adulte à entrer chez les trappistes. Quel retournement en pensant à l'homme qu'il est devenu ! De là, cette photographie tirée d'un magazine, ramassée sur les lieux du deuxième crime, *des fidèles à l'intérieur d'une église durant la messe* qui constitue une nouvelle pièce à conviction.

Lode pourtant brûle d'envie de leur demander ce qui a bien pu motiver le meurtrier à laisser ici des indices explicites, alors qu'il n'en laissa que d'obscurs la première fois. Mais le commissaire Basagran n'a-t-il pas souligné, pas plus tard qu'hier, combien les criminels développent une logique bien à eux et qu'il serait vain d'espérer les comprendre : "Une pure perte de temps."

Au-delà de ces considérations, sur lesquelles il évite de s'attarder, Lode éprouve le sentiment qu'une nouvelle tragédie est sur le point d'éclore. Quelques observateurs l'affirment autour de lui. Un troisième épisode macabre va se produire, cette fois placé, selon sa propre déduction, sous le second terme de l'inscription : *Coagula*, "Coagulation".

Sur ce point, il n'est pas sans redouter que ce troisième meurtre, probablement plus effroyable que le précédent – celui-ci ayant déjà surpassé en horreur le premier – innocente, du moins partiellement, Meli Gora, "auteur présumé des crimes" selon la formule en usage dans les commentaires journalistiques, mais qui en réalité, pour ne pas dire *en pratique*, signifie très exactement le contraire. Dans de nombreux esprits en effet, cet auteur n'a rien de présumé, c'est lui et personne d'autre, inutile de chercher davantage.

3

Une tête de corbeau

Deux jours se sont écoulés lorsqu'en prenant leur service, les employés d'un restaurant butent sur trois de leurs plus grands faitouts, posés à même le sol. Encore tièdes, ils contiennent chacun une sorte de ragoût constitué de morceaux de viandes indéterminés.

Les marmitons croient à une opération du chef quand, déplaçant l'un de ces faitouts pour pouvoir circuler, la tête d'un homme émerge lentement, tournant sur elle-même. Impossible d'en dire plus. Apparemment, le corps n'a pas été découpé sur place. Aucune trace de sang, à moins qu'on les ait méticuleusement effacées, ce qui paraît peu vraisemblable.

Cette fois, le "Calcul meurtrier" ne peut pas en être l'auteur. Pourtant cela n'enlève rien à sa culpabilité dans les autres meurtres, et même dans celui-ci tout compte fait. Des policiers et quelques personnalités s'accordent en effet spontanément pour soutenir avec force que Gora doit avoir un complice, un homme de main, aussi monstrueux que lui sinon plus.

L'introduction soudaine d'un complice dans cette histoire – d'un complice toujours libre – conjuguée à cette nouvelle mort terrifiante, déclenche dans plusieurs quartiers un vent de suspicion et d'angoisse qui séduit aussitôt nombre de journalistes. Pas un quotidien qui n'en fait ses gros titres, pas une grande chaîne de radio ou de télévision qui n'y consacre un reportage. Les différents services de police et de gendarmerie sont mis en état d'alerte.

Déployant d'importants moyens, ils commencent par investir les milieux, les endroits que fréquentent habituellement les travailleurs étrangers, les étudiants originaires d'Europe centrale, ou les quartiers dans lesquels ils vivent, puisque le principal suspect est moldave. Des témoins affirment que les policiers se comportent en terrain conquis, commettent de nombreux excès. Une brève polémique éclate qui s'essouffle rapidement, sitôt que les journaux télévisés du soir parlent de "maladresses de la part de policiers soucieux de bien faire leur travail".

Cependant quelques personnes, sans doute plus véhémentes que d'autres, protestant contre ces actions policières, sont placées en garde à vue, certaines poursuivies pour rébellion.

Reste que ces descentes de police permettent d'appréhender une vingtaine d'immigrés clandestins, parmi eux un cuisinier, de nationalité moldave lui aussi, qui présente aux autorités des papiers d'identité établis au nom d'Alt Pemcki.

D'après un expert, dont le discours et la prestation sont diffusés sur la quasi-totalité des ondes, l'auteur du troisième crime témoigne effectivement de "solides connaissances en art culinaire" à en juger par le soin apporté à sa "recette" avec laquelle il a préparé la tête humaine. N'ayant pu fournir d'alibi, Alt Pemcki est donc mis en examen et incarcéré le jour même.

Dans les cuisines du restaurant, le lieutenant Costello et son collègue ne remarquent d'autres empreintes que celles des employés. Ils vérifient leur alibi l'un après l'autre. La veille du crime, le patron fut le dernier à partir, vers 2 heures du matin, son adjoint rouvrit à 9 heures. Le tueur eut plus que le temps nécessaire pour accomplir sa besogne.

Parallèlement, ainsi qu'il le releva dans les autres cas, Nazaire Lode se met à la recherche d'un objet original, un objet singulier, sur la scène de crime. Mais là, il ne trouve rien, du moins dans un premier temps, car en se penchant sous un meuble, une petite forme sombre apparaît. En y passant la main, il ramène une tête de corbeau. Sur l'instant, il croit que c'est la tête d'une poule noire.

La chose ne l'aurait pas étonné outre mesure, mais s'agissant d'un corbeau, il voit là un réel indice. Costello lui-même, pourtant peu enclin à s'intéresser aux trouvailles de son collègue, juge la découverte sérieuse, en évoquant les pratiques du vaudou. Il ajoute cette prise à l'apparence "mystico-religieuse" dont semble se parer *l'affaire Gora-Pemcki*, ainsi qu'il convient à présent de l'appeler.

Plus tard, une fois rentré chez lui, Lode songe aux articulations de l'enquête, en commençant par le médaillon. Si son inscription latine renseigne bien sur la forme du deuxième crime, en revanche celui-ci n'offre aucune indication sur l'apparence ou la nature du troisième. On ne collecta aucun élément allant dans ce sens, aucun élément vraiment concluant, sinon des plaques métalliques émaillées, des photographies, des pages de magazines arrachées, des vieilles chaussures, de vieux vêtements… La photographie des fidèles fut néanmoins classée parmi les pièces à conviction.

C'est pourquoi, de retour au commissariat, Nazaire se penche attentivement sur le second cliché, l'examine, le compare au premier. Le papier est un peu différent au toucher : page 61 *les fidèles*, page 64 *le glaive brisant un œuf*. Tous deux soi-disant tirés de l'hebdomadaire L'Estrade du mois de novembre dernier, un numéro spécialement consacré *au renouveau religieux dans les pays modernes.*

Précisément, ce thème n'apparaît pas de façon évidente en considérant la page 64, *le glaive brisant un œuf.* Lode parvient à se procurer un exemplaire du numéro, toujours sans en informer son collègue, et l'intuition s'avère heureuse puisque la page 64 y comprend une tout autre photographie, *Des pèlerins sur la route de Compostelle*, d'après la légende. La photo ramassée sur le lieu du crime est manifestement un montage.

Son enthousiasme est tel qu'il se précipite vers le lieutenant Costello, persuadé d'avoir enfin mis le doigt sur une information décisive, un point capital. Cependant, après réflexion, il craint de faire pire que mieux et se ravise à la porte de son bureau, la main sur la poignée. Il n'est pas sûr que son collègue accueille favorablement ses conclusions, malgré leur pertinence, lui qui a souvent jugé ses raisonnements bancals voire absurdes.

Pour le moment, sa découverte ne débouche sur rien de déterminant. Il faut encore chercher, compulser peut-être des livres, des ouvrages sur les symboles, des dictionnaires, des encyclopédies, sur les cultes, les rites, les croyances, les religions, les sectes… Il aurait tout l'avantage ensuite de le mettre au courant s'il trouve quelque chose. D'ores et déjà, Lode est convaincu qu'il existe un lien entre l'inscription latine, l'image de l'œuf et la tête de corbeau. Le problème, et non des moindres, est que ce lien n'aurait apparemment aucun rapport avec les deux accusés Meli Gora et Alt Pemcki.

Extrait du *Journal de Villar Costello*

Samedi 19 décembre

On a découvert un cadavre carbonisé dans la forêt, le cadavre d'un homme. D'après le légiste, il était vivant quand on l'a brûlé. Pourquoi on est venu le brûler chez nous ?

Un cadavre carbonisé, mais aucun indice, rien. Ça ressemble à un règlement de compte entre truands. Depuis quelque temps, on assiste à ce genre de crime de l'autre côté de la frontière, parce qu'ici, on n'a jamais rien vu de pareil. Les gens sont suffoqués forcément, certains en font trop comme à chaque fois.

On pense à un coup de la mafia hongroise. C'est aussi l'avis du commissaire Basagran et du principal Gense qui me poussent à exploiter cette piste. Des réseaux de prostitution venus de l'Est se sont récemment constitués dans le pays voisin. Ils sont assez bien organisés d'après les renseignements. D'autres collègues ont l'air convaincu.

Comme de juste, Nazaire Lode, mon acolyte, n'est pas d'accord. Il voit mal des mafiosi faire le déplacement jusque dans notre province perdue, même frontalière, pour se débarrasser d'un cadavre. D'après lui, ils ne prennent pas autant de précaution d'ordinaire et ne sont pas du genre à se donner du mal pour éliminer quelqu'un.

De toute façon, il n'est jamais d'accord, avec personne.

Lode pense être plus intelligent que nous tous parce qu'il attend, ne dit rien, et ne veut pas se "précipiter". C'est son truc ça, ne pas se précipiter. À cause de lui, l'année dernière on est arrivé trop tard dans une affaire d'escroquerie. L'auteur a eu tout le temps de se volatiliser dans la nature. J'ai demandé une nouvelle fois à Basagran de changer d'équipe, d'être débarrassé de Lode, depuis le temps que je le traîne. Il m'a promis que ça se ferait, mais pas maintenant.

La réponse habituelle.

Lundi 21 décembre

On s'est mis à la recherche de Numa Gailord, petit maquereau ou plutôt entremetteur minable qui fait dans l'occasionnel. Des femmes, des mères de famille de son quartier qui font quelques passes pour payer des factures ou améliorer l'ordinaire. Elles trouvent des clients grâce à lui par son intermédiaire. Il aurait disparu depuis une dizaine de jours et pourrait bien être le cadavre carbonisé de la forêt. Je connais bien le lascar. C'est avant tout un magouilleur, un tueur de chat, personne ne voit comment il s'est trouvé embarqué dans cette affaire.

On est également sur les traces d'un premier suspect, un étranger, plutôt jeune, appartenant à cette communauté originaire d'Europe centrale qui s'est installée dans l'ancien quartier des Congolais. On a lancé toute la cavalerie à ses trousses.

L'homme, faisait du racket en menaçant ses cibles avec une fiole d'essence. Deux autres moldaves travaillaient avec lui, bien connus ceux-là des collègues puisqu'ils leur servent d'indicateurs. Il suffisait de sonner à leur porte. Bien sûr, ça n'aurait pas permis à tout le commissariat de sortir, y compris les voitures et les scooters. On s'est bien marré.

Cet abruti de Lode est retourné dans la forêt, malgré la neige. Il a ramassé sous un banc une espèce de médaillon avec Solve et Coagula *marqué dessus, paraît que ça signifie "dissolution et coagulation". La belle affaire. Il croit avoir trouvé la clé de l'énigme.*

On n'est pas plus avancé. Au dos, il y a une marque de je ne sais quoi. On dirait une de ces pseudo pièces de collection qu'on trouvait au fond des paquets de café ou de lessive. Dans les années 60, mon père avait monté comme ça tout un jeu d'échec, avec des figurines du Moyen âge - Louis XI et Charles le Téméraire - si je me rappelle bien. Je m'en servais pour des batailles quand il n'était pas là. (Marque de café Mokarex ?). *N'empêche, Lode a l'air très fier de sa trouvaille. Il ne lui faut pas grand-chose.*

Jeudi 24 décembre

On a arrêté un suspect, un certain Meli Gora, allias "Calcul", un surnom inspiré de Cahul, *une ville de Moldavie où il aurait vécu. En vérité, le journaliste qui le premier a publié l'info s'est trompé. Au lieu d'écrire "originaire de Cahul", il a écrit "Calcul". Et tout le monde a repris l'erreur. Depuis on en a fait un surnom qui est resté.*

La salle de bain du bonhomme était transformée en raffinerie. Il y avait du vitriol aussi. C'était incroyable, on s'attendait presque à trouver de l'uranium.

Évidemment, le suspect dit ne rien comprendre. Le juge et le procureur l'ont enfermé aussitôt. Le commissaire nous a félicité et j'ai été désigné pour parler aux journalistes ; ça, c'est un bon signe, en plus, c'est Noël et demain je ne suis pas de service. Il y a de la joie !

Lode s'imagine que je suis dans les petits papiers de la hiérarchie. Si c'était le cas, je serais déjà capitaine. De plus, il est persuadé que mon beau-père est intervenu pour empêcher sa femme de prendre la place d'infirmière chef qui se libérait à l'hôpital. C'est ridicule. Si au moins il avait nommé à sa place quelqu'un de ma famille ou une amie, mais ce n'est même pas le cas. Bien sûr, mon beau-père est responsable aux services techniques de la ville, mais je ne vois pas très bien le lien avec la santé et le directeur de l'hôpital. Lode s'est mis dans la tête que les deux hommes se connaissent. S'il savait. Je crois bien qu'ils ne se sont jamais rencontrés.

C'est dire l'état d'esprit dans lequel on fait équipe. Si au moins je passais principal, je pourrais me débarrasser de lui.

Lundi 28 décembre

Une première dans l'histoire de la ville (et peut-être même dans celle du monde !), des squatters ont alerté la police parce qu'un vieux bac de teinturier répandait une odeur pestilentielle dans le quartier des Alouettes. Bref, le squat ne convenait plus.

Malgré les apparences, ce n'était pas une plaisanterie. Il s'agit de l'ancienne teinturerie Carolus. Le bac en question ressemblait à un bourbier infecte, rempli d'une espèce de bouillie au vitriol, un truc incroyable. Les gens du labo ont relevé les restes d'un corps humain, ceux d'une femme d'après le légiste.

Inutile de dire que cette découverte a secoué la province jusqu'à la capitale, d'autant qu'elle fait suite à une précédente découverte également effrayante. Les habitants n'ont jamais entendu ça, même de loin, même en tant que rumeur. D'après les anciens, l'entrée des Allemands dans la ville en 1940 n'avait pas produit un tel choc. Un homme carbonisé, une femme dissoute dans l'acide... Et ils demandent pourquoi toutes ces horreurs se passent chez nous ?

Plusieurs autorités se sont succédé sur les lieux du dernier crime, jusqu'au préfet lui-même, avec toute sa suite. Le lendemain, c'était le tour du président du conseil général, suivi d'un défilé d'attachés officiels et de stagiaires, avant de laisser place au maire, lui aussi accompagné de sa cour.

Ça faisait vraiment beaucoup de monde, une vraie foule, à laquelle s'était joint un régiment de journalistes et de photographes. Ça les occupe. Tout ce que Lode a trouvé bon à dire est : "Certains s'interrogent sur le financement des partis politiques. Je crois pourtant que la bonne question serait plutôt de savoir combien ils sont à vivre de la politique."

Il a encore raté une occasion de se taire. Le maire et le commissaire étaient à côté et l'ont entendu.

Mardi 29 décembre

Les juges et le commissaire sont persuadés que Gora a un complice. C'est un plaisir de les voir s'agiter dans tous les sens. C'est à celui qui fera le plus de courants d'air.

L'université nous a prêté une sommité en criminologie, professeur émérite tiré de sa retraite, lequel a conclu immédiatement que le complice en question possède de "solides connaissances en art culinaire". Pourquoi pas. Je ne sais pas si ça va aider l'enquête. En tout cas, on a arrêté un second suspect, Alt Pemcki, un Moldave clandestin ET cuisinier. Belle prise !

On l'a arrêté tout de suite, plutôt rudement d'ailleurs. Les journalistes étaient sur les lieux (je crois savoir qui les a alertés). Leurs clichés, qui ont fait les unes de tous les journaux, le montrent débraillé, décoiffé, pas lavé, pas rasé... Il a l'air d'une brute. Ces images l'ont déjà condamné. Inutile d'aller plus loin.

Son défenseur désigné d'office, laissait entendre le soir même, devant des caméras de télévision, que son client méritait la peine la plus lourde, mais qu'il le défendrait malgré tout parce que la loi l'exige.

Le suspect n'a eu aucun aveu à faire. Le procureur et le juge sont persuadés qu'il s'agit d'un complice de Gora. Il a été écroué. Rien de mieux qu'un séjour en prison pour faire avouer les récalcitrants.

Le responsable du "Bureau Sécurité" de la ville, un jeune agrégé de philosophie - qui est aussi le porte-parole du maire - a fait une allocution très appréciée devant un public ému, inquiet, venant des lotissements pavillonnaires et du centre-ville : "C'est d'avoir vu les criminels à leur porte, c'est d'avoir trop côtoyé l'immonde, c'est d'avoir été victime de trafiquants, de pédophiles, de casseurs, de déviants en tous genres, que les jeunes se sentent à présent désabusés, perdus ou révoltés, et qu'à leurs yeux notre monde n'a plus de sens."

C'était bien parlé ; mais du coup il a mis la pression sur le commissariat qui franchement n'en avait pas besoin. J'avais posé trois jours de congé ; évidemment, ils ont été reportés.

Jeudi 31 décembre

La préfecture veut privilégier la piste moldave. Elle a fait appel à une équipe de spécialistes, dotée d'un équipement d'extra-terrestres, tout un camion de matériels. Il nous faudrait le budget de 10 années pour obtenir l'équivalent.

Nous voilà maintenant avec une montagne d'indices, et trois fois plus de travail.

Malgré ça, malgré tous ces discours et cette technologie, personne n'a pu éviter un 3ème crime.

Une rumeur a circulé aussitôt selon laquelle les suspects emprisonnés l'auraient "télécommandé" depuis leur cellule.

J'ai signalé au commissaire que Lode avait ramené une babiole de la scène de crime. "Toujours dans ses lubies" a commenté Basagran. Cette fois, c'est une tête de corbeau ; il est très fier de sa trouvaille et prend ça très au sérieux. Je n'ai pas voulu le contrarier, au point où on en est. Il essaye de me convaincre que Gora et Pemcki n'ont aucun lien avec les meurtres.

Il n'a rien compris. Dans ce genre d'affaire, très médiatisée, il faut composer avec l'opinion publique, même si elle a tort. On est une démocratie moderne.

De toute façon, il n'y a pas à se poser de question. Même si les preuves sont trop minces pour condamner les suspects sans l'ombre d'un doute, ils ne sont pas innocents pour autant

4

Noir, blanc, rouge

Villar Costello était entré dans la police dès sa majorité. Fils d'un *responsable technique* parvenu à ce grade à la force du poignet, il n'y avait vu que des avantages, et puisqu'on devait travailler, puisqu'il fallait être salarié, ça ou autre chose... Son père connaissait bien les gens de la préfecture, les démarches et l'itinéraire n'en furent que facilités. Quelques collègues aimaient souligner que pour lui tout avait été facile, jusqu'à sa promotion au rang d'inspecteur, il n'avait même pas eu à la demander, de cela ainsi que du reste.

"Il y a des gens qui n'ont aucune peine à se donner pour obtenir les choses, soupirait parfois Nazaire Lode, là où d'autres suent sang et eau pour ne récolter, le plus souvent, que des miettes." L'argent, la richesse intervenaient peu dans ces étranges circonvolutions du destin, ni les dispositions spécifiques, les talents appropriés. On pouvait aisément croire à la rigueur qu'il n'en fallait aucun. Simplement, comme on dit, être là au bon moment, au bon endroit, entouré des bonnes personnes, adopter la bonne attitude, dire le mot juste.

Villar Costello habite deux vieilles maisons qu'il a aménagées en duplex situé dans un ancien quartier populaire du centre-ville, entièrement réhabilité, autrefois malfamé, insalubre, à présent sorti de la fange et parmi les plus estimable. Il est marié à une décoratrice d'intérieur, Isabelle, qui a créé son propre atelier mais qui rencontre de grandes difficultés à se constituer une clientèle.

Tous les matins, en compagnie de son collègue, Villar dépose ses deux enfants à l'école, une fille et un garçon, âgés respectivement de 6 et 7 ans. Dès les premiers retentissements de l'affaire Gora-Pemcki, il a exigé qu'une patrouille vienne les reprendre le soir à leur sortie afin de les conduire chez leur nourrice. Pour toute réponse, on lui a demandé s'il se prenait pour le roi d'Espagne…

Son collègue justement, depuis quelques jours, consacre son temps libre à la bibliothèque municipale. Les encyclopédies, les dictionnaires des symboles, des religions s'empilent sur sa table aux côtés d'ouvrages consacrés aux superstitions, aux rituels, aux anciennes hérésies, aux croyances disparues. Le souvenir d'autant de lectures remonte à la faculté. Le problème réside dans le fait que les divers articles traitant des mots "œuf", "glaive", "serpent", "écrevisse" ou "corbeau", comprennent une quantité presque vertigineuse de sens et d'utilisations, lesquels renvoient à d'autres mots, à d'autres significations, un véritable labyrinthe.

Le mot corbeau par exemple désigne à la fois le mauvais présage et l'oiseau sacré ; l'œuf représente la fécondité, le soleil, mais aussi des disputes ou la mort d'un proche ; ou bien l'écrevisse, appelée encore "Pou du diable", alors que parallèlement on soutient qu'elle soigne les tumeurs…, ainsi de suite.

Avec toutes ces définitions, toutes ces équivalences, il ressent rapidement l'amère sensation d'être tout aussi ignorant avant qu'après, comme s'il ne savait rien, en tout cas pas grand-chose, revenu à son point de départ. Les lumières du savoir ne peuvent éclairer que ceux qui sont déjà savants.

Par-dessus tout, cette période coïncide à un service de jour pour sa femme, de l'après-midi exactement, de 14 à 22 heures. Il aurait pu en profiter pour la voir, lui parler, être avec elle. Au lieu de cela, il ne rentre pas le soir et s'enferme une partie de la nuit dans la bibliothèque. Nelly Lode n'apprécie guère ces changements brutaux et menace de retourner dans sa famille si cela se prolonge. Nazaire doit donc abandonner ses dictionnaires, du moins pour un temps.

C'est à ce moment que des enfants jouant dans un terrain vague tombent sur une sorte de "momie" ainsi qu'ils la désignent au téléphone. Aussitôt sur les lieux, les services de police croient à une plaisanterie lorsqu'on leur présente un cadavre soigneusement enveloppé dans un drap blanc, presque immaculé.

L'ayant enlevé avec précaution, ils constatent que la victime, un jeune homme de vingt-cinq ans, a été écorchée puis éviscérée, avant d'être grossièrement recousue. À l'heure où se terminent activement les derniers préparatifs du procès des auteurs présumés, ce quatrième meurtre frappe une nouvelle fois la ville de stupeur, persuadée jusqu'ici que l'arrestation du complice avait mis un terme à cette série infernale.

Il est impossible de ne pas rapporter ce crime aux trois autres. On y remarque le même caractère insoutenable, ce même souci du détail dans l'abomination, le même goût pour la singularité.

Il est difficile également de l'attribuer à un second complice de Gora.

Bien plus que de stupeur finalement, la ville, la région, se sentent profondément désemparées, atteintes au cœur de leurs propres certitudes concernant cette affaire, laquelle avait déjà reçu dans de nombreux esprits ses conclusions définitives.

Le plus ennuyeux peut-être est que ce quatrième cadavre place au-devant de la scène, et pour la première fois de façon criante, la question de l'innocence des accusés – et donc de leur libération – que fort heureusement, dans son *devoir de réserve*, la grande presse s'interdit de formuler explicitement. La mairie se sent obligée de créer une cellule de crise et met un service d'assistance psychologique à la disposition de ceux qui se disent inquiétés par le(s) tueur(s), ou qui pensent l'avoir croisé dans la rue. La plus grande vigilance est recommandée aux habitants ainsi qu'aux visiteurs. Un service spécial de la préfecture, ouvert en permanence, recueille par courrier ou par téléphone tous les renseignements susceptibles de faire avancer l'enquête, en garantissant l'anonymat du correspondant.

Une campagne de publicité est engagée stigmatisant le sens civique et la satisfaction du geste citoyen accompli. "Information n'est pas délation", stipule le slogan.

Parallèlement, la police locale et le commissariat sont vivement critiqués pour leur lenteur : "Ce n'est pourtant pas compliqué d'arrêter des gens !" lance le maire devant un parterre de journalistes qui se demandent s'il plaisante ou s'il est ironique.

Les inspecteurs Costello et Lode sont menacés d'être mutés dans une campagne profonde s'ils ne décrochent pas dans les plus brefs délais, "mettons 24 heures", une explication solide avec le suspect adéquat, et si possible une explication qui puisse ne pas compromettre ni invalider les convictions antérieures.

De nouveaux policiers spécialistes, partageant tous un même et solide esprit de chercheurs pointilleux, la "Division E10" (E pour *expert*, 10 pour le nombre de membres qui la composent), dépêchés en urgence par la préfecture, arrivent de la capitale régionale. Les services municipaux sont conviés à une réunion organisée par la police et la gendarmerie. Toutes les informations sont minutieusement vérifiées. On bouscule les indicateurs habituels. On en recrute d'autres. En vain.

C'est dans cette commotion générale que la directrice des Affaires sociales, Faby Lessu, a l'idée d'une secte. Comme la série des meurtres se poursuit, allongeant à chaque fois la liste des suspects, elle pense qu'il peut s'agir d'un groupe d'hallucinés, de fanatiques, décidés à terroriser la ville : "Une secte ? – C'est ça, exactement, une secte." Le mot lancé est immédiatement repris par un grand nombre, pareil à un cri de ralliement, une bannière, un geste qui sauve. L'hypothèse répond largement aux attentes de l'assemblée. Désormais, il convient de chercher dans cette direction. "Trouvez-moi une secte, crie le commissaire Basagran à ses enquêteurs, une caste, un clan, peu importe, dégotez-moi ça !"

De secte, officiellement recensée, la région n'en compte aucune. Toutefois, en déployant dans les endroits les plus reculés, les plus inaccessibles aussi, des responsables de services sociaux, soutenus par des unités de gendarmeries et quelques journalistes, on soupçonne bientôt des familles de jeunes gens, habitant une ferme isolée, qui offrent toute l'apparence d'une *communauté*.

Il y a là quatre couples et une dizaine d'enfants – non scolarisés – qui vivent de façon autarcique sur une petite exploitation agricole d'une quinzaine d'hectares. Comme ils prétendent vivre "en harmonie avec la nature et le cosmos", qu'ils veulent enseigner aux enfants des principes "dépourvus d'envie et de haine", ils sont qualifiés de "sectaires qui ignorent constituer une secte", ce qui, d'après les termes de la commission, représente "le cas le plus dangereux". Indication troublante, l'une des femmes est d'origine roumaine :"Roumaine, Moldave, commente le commissaire Basagran, c'est du pareil au même !"

Ces expéditions dans la campagne réjouirent l'inspecteur Costello qui vit là une façon agréable de rompre la routine. Pour Lode, au contraire, en tournant le dos à la ville, il estima perdre son temps.

Pour la première fois, des journalistes puisant leurs modèles dans les séries télévisées, insistent sur le fait que les meurtres ne comprennent pas la moindre relation ni le moindre échange avec la police, ainsi qu'on le voit parfois dans le domaine des meurtres en série, où le criminel essaime des informations à destination des enquêteurs. Rien de tel ici, quand bien même on opposerait à cet argument que cela n'a aucune espèce d'importance puisque leurs auteurs sont déjà sous les verrous. Le ou les meurtriers semblent suivre un programme implacable, et peu leur importe que l'on parvienne ou non à le deviner.

Mais Lode doute de plus en plus de l'efficacité de ces investigations, de même que le réseau moldave a beaucoup perdu à ses yeux de son crédit. Il n'est pas le seul. Au fil des jours, le nombre grandissant de services qui s'occupent de l'affaire – le ministère, le commissariat bien sûr et la préfecture avec sa Division E10, le laboratoire scientifique, le bureau du député maire, la presse, la gendarmerie, le procureur Bissau, le juge Quélia, les Affaires sociales de Faby Lessu, auxquels il convient d'ajouter encore le cabinet des avocats Grett et Lapasset, qui viennent tout récemment de s'autoproclamer représentants des victimes – amplifient considérablement la dimension spectaculaire de l'ensemble, au point de commencer à le rendre fabuleux. S'exhale de tout ce déploiement de bonnes volontés un air de croisade. Le pays attend un procès avec fébrilité. Il le réclame afin que tout rentre dans l'ordre rapidement. On l'annonce pour la fin de l'hiver.

Dans le terrain vague, autour du quatrième corps, les enquêteurs n'obtinrent aucune empreinte, aucune trace de sang non plus, et en dépit de leurs recherches les viscères de la victime demeurèrent introuvables. Un état des lieux somme toute pareil aux autres, mis à part qu'ici, Nazaire Lode lui-même, contrairement aux fois précédentes et malgré ses observations minutieuses, revint les mains vides, de sorte qu'il put croire un instant que ce crime était l'œuvre d'un autre ; s'il n'y avait eu l'horreur.

Il doit donc y rester un indice mais de nature, de forme, d'aspect, probablement différents, au point qu'aucun policier ne se soit penché pour le voir de plus près, comme si le meurtrier avait franchi un seuil, qu'il avait entamé une autre phase.

Il ne peut pas en être autrement, c'est la même sauvagerie, le même effroi. Si malgré cela on ne relève aucune marque, aucun objet, c'est que l'auteur de ces crimes est passé à autre chose. Que peut bien être ce nouvel indice ? Le drap, l'éviscération, le défaut de sang ?

Ils ont retourné le terrain, passé des heures à tout examiner avec l'aide de trente-cinq militaires venus en renfort, mais sans succès. Les enfants étaient formels, ils n'avaient rien pris, rien emporté. De toute façon, la neige recommençait à tomber plus abondamment que la dernière fois, la scène de crime se recouvrait déjà d'une couche épaisse.

Tout compte fait, et en procédant par ordre, il ne subsiste que deux éléments susceptibles de constituer des indices, deux choses que le meurtrier a laissées aux enquêteurs, et que tous ont eu sous les yeux dès le début : le drap et le fil ayant servi à recoudre le thorax et l'abdomen de la victime.

Le drap tout d'abord, blanc, sans marque, très ordinaire, en matière synthétique, bon marché, comme en vendent n'importe quelle grande surface. Ensuite, le fil, épais, grossier, d'un genre spécial pourtant, de couleur brune, pas exactement du fil à coudre, ou bien alors employé dans des travaux de couture particuliers.

Après examen, on découvre qu'il s'agit d'un article de pêche employé dans la réparation des petits filets. Normalement, le lieutenant Lode aurait dû le remarquer immédiatement, lui qui a vécu longtemps au bord de l'océan, devant les chalutiers. La pêche cependant ne l'a jamais intéressé, ni les promenades en bateau, ni les bains de mer, tout juste les promenades au pied des falaises, quelquefois sur la digue.

A priori, retrouver un tel article ne doit pas prendre beaucoup de temps, si le tueur l'a bien acheté dans cette ville et rien n'est moins sûr. On y compte deux magasins spécialisés dans les équipements de pêcheur. Les eaux du fleuve sont poissonneuses, quoique certains soutiennent que la pollution a anéanti 80% des espèces. Durant la saison on rencontre néanmoins régulièrement sur ses rives des amateurs de pêche à la ligne.

À la ligne certes, mais non pas au filet… La chance sourit pourtant aux enquêteurs. Sur les deux magasins, un seul vend cet article, plutôt ancien d'ailleurs, cinq années d'inventaire le figurent sur le registre. Le commerçant se rappelle donc parfaitement son dernier client. Un homme assez âgé qui a payé par chèque :"Même que j'ai râlé, la somme n'était pas importante, vous comprenez, ça nous fait des frais supplémentaires, et puis il y a les délais de paiement".

Le chèque n'a pas encore été encaissé. Le titulaire du compte se nomme Raymond Geber, 54, Rue Bergland. "Pourquoi, qu'est-ce qui se passe ? Qu'est-ce qu'il a fait ?", questionne le commerçant tandis que les policiers quittent son magasin.

Est-ce possible qu'ils aient enfin trouvé une piste, une vraie piste ? La question paralyse un instant la conscience des inspecteurs. Depuis le début de cette affaire, ils tournent en rond avec leurs hypothèses, leurs présupposés, sans entrevoir, ne serait-ce qu'entrevoir, la moindre issue.

Et la neige qui tombe à nouveau. Costello mis au courant dans le quart d'heure suivant décide aussitôt de perquisitionner au domicile de ce Geber, avec un détachement des forces spéciales dont il a réclamé le soutien, "par mesure de précaution" a-t-il ajouté. Mais Lode connaît chez son collègue le goût de la mise en scène. Il le sait à la poursuite du grade de capitaine. C'est une façon de montrer qu'il en fait beaucoup, qu'il travaille plus que les autres et déploie sur cette enquête un zèle incomparable.

L'appartement en question, 54 Rue Bergland, est vaste, sombre, les pièces disposées en enfilade. Comme personne ne répond, ils entrent par force avec l'aide d'un bélier. Leur arme en main, les policiers avancent à l'intérieur avec prudence, lentement, progressant pas à pas, mètre par mètre. Cette demi-obscurité leur fait redouter le pire et, compte tenu des crimes précédents, inspire déjà les scènes les plus folles.

L'endroit paraît inhabité, une quasi-absence de meubles, seuls dans un coin une table de camping branlante avec une chaise pliante au dossier usé. Sur les tapisseries se distinguent par endroits des traces plus claires, rectangulaires et carrées, d'anciens emplacements de cadres ou de tableaux.

L'idée qui vient spontanément à l'esprit est que les occupants de cet appartement ont récemment déménagé. Dans une chambre cependant, la scène dépasse les limites de l'entendement : deux statues blanches de forme humaine, grandeur nature, l'une couchée, l'autre assise sur le sol, entourées de vieux journaux et d'un bac de maçonnerie.

Sur le moment, s'enlisant un peu plus dans l'inconcevable, ils pensent trouver deux cadavres plâtrés des pieds à la tête. Lode veut vérifier, frappant l'une d'elles avec la crosse de son revolver. Le plâtre s'effrite puis éclate en morceaux, jusqu'à faire apparaître une couleur moins claire, une couleur de peau grisâtre, celle d'un corps humain, tandis que se répand dans la pièce une odeur nauséabonde.

Non pas deux statues par conséquent mais deux cadavres qui, débarrassés de leur coquille, sont envoyés à la médecine légale. C'est un homme et une femme âgés respectivement de 55 et 60 ans environ, qui ont été égorgés avant d'être couverts de plâtre.

Traitant à chaque fois différemment ses victimes, avec une application et une rigueur extrêmes, contrairement à la précédente, le tueur n'a ni écorché ni éviscéré celles-ci. De fortes présomptions indiquent qu'il s'agit probablement de M. et Mme Geber. Le 54 rue Bergland était bien leur domicile ou plutôt leur ancien domicile puisqu'ils venaient de le mettre en vente après y avoir vécu pendant vingt ans. Ils avaient emménagé dans un autre appartement, plus proche du centre, ce qui explique l'absence de meuble. Le meurtrier a dû se présenter à eux sous les traits d'un acheteur. Une question traverse l'esprit de Nazaire Lode : avaient-ils besoin d'être deux pour faire visiter leur appartement ?

Examinant les lieux dans leurs moindres recoins, les policiers du Laboratoire Scientifique et Technique relèvent quatre types d'empreintes digitales, deux sont celles de M. et Mme Geber, les deux autres demeurent inconnues.

Dans la salle de bain, de manière inattendue, ils dénichent derrière le bidet, un petit flacon de sang humain. Or, après analyse, il s'avère n'appartenir à aucune des deux victimes, ni même à aucune des victimes recensées à ce jour.

Ces différents constats ont pour effet d'attirer le lieutenant Lode sur un point précis, à savoir que l'auteur de ces six assassinats n'a pas encore "répandu le sang", dans un sens premier et pour ainsi dire visuel de l'expression. Le flacon de la salle de bain lui fait ainsi supposer qu'il s'apprête à le répandre.

Si jusqu'ici les victimes ont été brûlées, dissoutes, découpées, égorgées avant d'être momifiées ou couvertes de plâtre, la raison en est sûrement afin d'éviter que l'on trouve du sang sur elles, en elles et auprès d'elles. C'est pourquoi, les scènes de crime n'en comprirent aucune trace, même passées au *luminol*. Cette déduction semble satisfaire son collègue, pourtant réticent en temps ordinaire à accepter ses déductions.

Dès lors, poursuivant ce même fil conducteur, l'aperçu global de cette affaire permet désormais de distinguer deux séries de trois meurtres, et non plus une série de six, étant bien plus question en définitive de séries de meurtres que de meurtres en série.

On remarque également que les trois derniers partagent la couleur blanche, comme les trois premiers des teintes sombres. Les trois autres imposeraient par conséquent la couleur rouge.

Noir, blanc, rouge, telle est la logique. Une série de trois prochains meurtres, sanglants cette fois, est donc annoncée, comme au spectacle, quoique cette annonce n'est pas intentionnelle, délibérée, dans la mesure où le meurtrier ne fait que terminer son programme, si l'on peut dire. Qui sait même s'il ne l'a pas déjà terminé, s'il ne le termine pas en ce moment.

Extrait du *Journal de Villar Costello*

Jeudi 28 janvier

Un peu avant une nouvelle descente à la cité Raimondi, le commissaire Basagran a fait un petit discours assez pompeux, recommandant la plus grande fermeté, l'absence d'état d'âme (on n'a pas l'habitude d'en avoir, ni de manquer de fermeté), parce que ces clandestins profitent de ce que "notre pays est une terre d'accueil pour y organiser leurs trafics juteux". Ils viennent pour tirer profit des "faiblesses du système". ("Serait-ce vraiment un système s'il avait des faiblesses ?" a questionné Nazaire Lode qui a encore raté une occasion de se taire). Ainsi les voleurs, les meurtriers, les proxénètes, les trafiquants… Pour finir, il a rappelé qu'on ne devait pas confondre police et justice. Je ne sais pas les autres mais pour moi ça signifie qu'on n'a pas trop à s'embarrasser avec des problèmes de procédure.

Au lendemain du 4ème crime, la préfecture a créé sa propre équipe d'enquêteurs, la Division E10, et en plus il paraît que la mairie de son côté s'apprête à en faire autant. C'est peut-être déjà *fait. Plus on de fous plus on rit. Le public n'est pas informé de ces manœuvres. Le retard que prennent les rapports des légistes pour arriver au commissariat s'explique sûrement de cette manière. Ils doivent passer en priorité par d'autres mains. Je parierais volontiers qu'il y a des policiers qui participent à ces enquêtes parallèles, qui informent même nos concurrents avant nous.*

À présent que la préfecture et la mairie s'en mêlent directement, la situation va devenir comique. D'après un collègue, le commissaire Basagran lui-même se serait mis à son compte. Il "filtrerait" comme on dit. Certaines informations demeureraient dans ses tiroirs. C'est la libre entreprise. Toujours d'après la mairie, Basagran viserait un poste de contrôleur général. Il serait même en train de le négocier auprès du ministre, par un mystérieux intermédiaire, grâce à des renseignements confidentiels.

Si c'est bien le cas, ils doivent être sacrément confidentiels pour négocier une promotion avec un ministre. À sa place, j'en profiterais aussi pour demander une voiture neuve.

Dans ces conditions, et à ce niveau de l'enquête, dégager une piste décisive relève du miracle, à moins de la jouer aux dés. Quelques-uns penchent maintenant pour une explication religieuse, une bande d'illuminés qui se livreraient à des espèces de rituels. Les meurtres sont très originaux – c'est le moins qu'on puisse dire – ça tourne par moments à l'esthétique. Toutes ces interprétations me font rire. On dirait une sorte de concours. La première place à celui qui offrira l'explication la plus sensationnelle.

Dimanche 31 janvier

La bonne femme des Affaires sociales, Faby Lessu, est arrivée à s'imposer à la cellule de crise mise en place par la municipalité et la région. Rien d'étonnant, elle est la maîtresse du 1er adjoint au maire, Alfredo Moen. Dès la première séance, elle a formulé l'hypothèse d'une secte qui pourrait être à l'origine des meurtres. Alors on s'est employé aussitôt à lui en trouver une, sans problème.

Dans les heures qui ont suivi on l'a dénichée. Il s'agissait plutôt d'une sorte de communauté, moitié hippies, moitié raveurs. En arrivant sur les lieux, il y avait déjà la presse et des gens de la mairie. On n'a rien trouvé sur place, mais on les a quand même embarqués.

Le soir, les journaux télévisés ont parlé de la présence dans le département d'une secte slave qui défendait des idées anti-occidentales et rétrogrades. Après leur garde à vue, les adultes de cette communauté ont été écroués et les enfants confiés au service de l'aide à l'enfance. Une affaire rondement menée.

Le juge Quélia n'est plus maître de l'instruction. C'est Bissau, le procureur, qui décide, autant dire l'opinion publique qu'il craint plus que la mort. Ce qui n'est pas du goût des Demblayer qui se démènent au Ministère pour qu'on nomme un autre procureur.

Le maire craint que cette affaire lui coûte sa réélection. Il n'a pas de temps à perdre. La dame Lessus devient trop médiatique. Ses portraits en 1ère page des quotidiens, ses interventions régulières à la radio, ses articles, font de l'ombre à toutes les autorités de la ville et du département, à commencer par le maire et le préfet. Je sais que les deux hommes se sont rencontrés longuement en secret, il y a de ça 2 jours, après la découverte des 5 et 6ème cadavre, le couple Geber. Je suis persuadé qu'ils montent un coup tordu contre le commissaire Basagran et le juge Quélia.

Dans tout ce foutoir, difficile de dire qui va passer en tête la ligne d'arrivée.

Si je veux avoir une chance de passer principal à la fin de l'année, je dois faire ami ami avec tout le monde.

De toute façon, depuis que le préfet s'est offert le domaine d'Au-Gé, (avec le pavillon de chasse et le moulin), pour la moitié de sa valeur, la préfecture cherche à se débarrasser du juge qui en sait beaucoup trop pour un juge.

Je tiens de ce dernier que les anciens propriétaires du domaine, la famille Demblayer, l'aurait cédé à ce prix en échange de quelques services, parmi lesquels la conservation et la protection de l'ancienne mine d'or de Saussignes, qui est fermée depuis 10 ans, ainsi que le classement du site en patrimoine industriel. Les coups de pioche des premiers mineurs remonteraient au 18ème siècle.

Les Demblayer sont une vieille famille d'industriels et de financiers qui ont fait main basse sur la région. Ici, presque tout leur appartient, les mines, les usines, la presse, les zones commerciales... Leur puissance n'a rien à envier aux anciens seigneurs féodaux. Le patriarche, Aron, 80 ans, se comporte encore comme l'un d'eux. République française et royauté française, les initiales sont les mêmes.

La préfecture, la mairie, le commissariat, le parquet, les Demblayer... Tout le monde va devoir choisir son camp et chacun espère ne pas faire le mauvais choix.

Mardi 2 février

Isabelle, ma femme, ne comprend pas pourquoi les meurtriers s'en prennent à notre ville, pourquoi précisément la nôtre. Il est vrai que depuis le début des crimes, les clients dans sa boutique se font rares, et comme ils n'étaient déjà pas nombreux... Les gens sortent moins souvent.

Pour rendre la situation plus déprimante, la mairie qui est propriétaire du local où Isabelle a aménagé son atelier, parle de ne pas renouveler le bail, soi-disant pour y transférer le syndicat d'initiative trop à l'étroit là où il est actuellement. Je n'y crois pas une seconde. Je pense qu'ils cherchent à le vendre, comme ils ont déjà vendu de nombreux biens immobiliers qui appartenaient à la ville.

Isabelle parle de fermer la boutique le temps que l'orage passe. Elle emmènerait les enfants passer quelques jours ou quelques semaines chez sa mère, à l'arrière, tandis que moi je resterais au front. Je reprends ses termes. Ma femme assimile ses meurtres à des actes de guerre.

Le fait est que la population vit dans la peur, on se demande bien pourquoi. Toutes les caméras, toutes les attentions sont tournées vers elle. Du coup les habitants se sentent épiés, surveillés, menacés de toutes parts. Les visages ne sont plus les mêmes. Entre ceux qui ont décidé de se détacher de l'actualité, de faire comme si de rien n'était, et ceux qui se barricadent chez eux, après avoir fait de solides provisions, le juste milieu apparemment est difficile à trouver. Les gens ont pris l'habitude qu'on leur dicte ce qu'ils doivent penser, ce qu'ils doivent dire et faire, mais là, ça va dans tous les sens.

L'incertitude grossit à chaque découverte d'un nouveau crime sans parler de la confusion. Car ce n'est jamais un crime simple, il est toujours compliqué, invraisemblable, complètement différent du précédent, sans commune mesure avec ce qu'on connaît des meurtres en série. On entend parfois dans la rue : "Qu'est-ce qu'il va nous faire la prochaine fois, dépecer un vieillard, crucifier une femme, bouillir un enfant ?"

La criminologue, qu'on a envoyée au commissariat, officiellement pour dresser le profil du ou des tueurs, officieusement y effectuer un audit, n'admet pas cette espèce d'obstination qui anime Nazaire Lode persuadé qu'il est de trouver une cohérence dans ce bourbier, d'autant qu'il n'a pas les qualifications nécessaires, et ça suffit pour discréditer sa thèse. Elle a beau retourner les scènes de crime dans tous les sens, elle ne décèle aucune logique, uniquement de l'aberration, de la folie.

Armelle Hass, c'est son nom, belle brune, jolie silhouette, mais redoutable, toujours des questions piégeuses. Elle porte sur elle le plaisir de briser les résistances. C'est moi qui lui ai parlé du bonhomme. J'en serais peut-être débarrassé plus tôt que prévu.

5

L'inspiration du crime

L'annonce de l'assassinat du couple Geber secoue largement le pays. Durant plusieurs jours, les principaux quotidiens en font leurs gros titres. L'émotion franchit même les frontières, à en juger par les journaux des États voisins. Certains n'hésitent pas à évoquer des "techniques criminelles inédites" qui rendent la police impuissante, d'un "prédateur déterminé et plus rusé que tous les policiers réunis".

Dans un article publié dans le grand quotidien régional, un journaliste résume assez bien le sentiment général : "Ce qui rend la situation intolérable réside dans le fait que le criminel recouvre la brutalité de ses crimes par un souci du détail, une application rigoureuse qu'il apporte à ses mises en scène morbides avec lesquelles il les présente au public, au point qu'on en oublierait presque les victimes."

La situation devient critique pour les autorités, au point de provoquer de vives tensions au sein du gouvernement, notamment entre le ministre de la

Justice et le ministre de l'Intérieur, chacun reprochant à l'autre son inertie.

Un climat d'angoisse à présent ne cesse de peser sur la ville. Les rumeurs les plus alarmantes circulent, les délires les plus insensés obtiennent une audience. On attribue au meurtrier des appuis politiques, la bienveillance de hauts fonctionnaires. On parle de rivalité déplacée entre différents services de police, d'obstacles faits à l'instruction, d'*entraves à la justice*, de renseignements capitaux qui échappent aux enquêteurs.

Seule cette dernière hypothèse est prise au sérieux. Elle fait son chemin. Si bien que le ministère expédie sur place une seconde équipe de spécialistes, dite "V04", officiellement destinée à soutenir les inspecteurs eux-mêmes et à améliorer leurs conditions de travail. Mais officieusement, il s'agit surtout d'évaluer leurs résultats et l'efficacité de leurs méthodes d'investigations.

Il faut une journée à cette nouvelle équipe pour établir un rapport accablant sur les inspecteurs Lode et Costello, mettant en lumière d'importants manquements dans leurs façons de procéder. À la suite de quoi, déjà fortement inquiétés par les rebondissements antérieurs, ces derniers sont dessaisis du dossier avant d'être envoyés aux archives.

Villar Costello doit à ses honorables états de service, et à l'intervention de la criminologue Armelle Hass, d'en sortir après quarante-huit heures seulement avant d'être aussitôt remis sur l'enquête. Le commissaire Basagran vient d'en confier la responsabilité à un jeune capitaine, Anso Altig, au brillant résultat du concours, récemment affecté au commissariat, que l'on dit talentueux et doté d'une sagacité peu commune. Cependant, celui-ci ne peut solutionner rapidement les divergences de points de vue qui opposent la police, la gendarmerie, la préfecture ou encore la mairie.

Certains affirment que les trois premiers meurtres n'ont rien à voir avec les trois derniers. D'autres encore affirment que les six crimes sont l'œuvre de quatre meurtriers différents. L'ensemble de ces divisions se heurte à la thèse mieux ancrée de la secte ou du réseau moldave. Toutefois, l'image d'un gourou, d'un guide ou d'un maître manque un peu pour lier les deux dernières perspectives.

Grâce aux efforts de la presse écrite grand public, on met la main sur un témoin dont les propos, repris par la télévision, attribuent à Meli Gora un sens aigu de l'autorité. D'un commentaire à un autre, d'un paragraphe au suivant, le mot autorité se change facilement en charisme. Il n'en faut pas davantage pour l'introniser.

S'appuyant sur l'ensemble de ces contradictions, ainsi que sur l'absence d'éléments significatifs susceptibles d'innocenter les suspects emprisonnés, les magistrats refusent de remettre en liberté les dix personnes incarcérées, Alt Pemcki, les huit membres de la prétendue secte et bien sûr Meli Gora.

L'enquête interne dont font l'objet les unités du commissaire Basagran perturbe les activités du service durant une semaine. Inexorablement, les deux jeunes contrôleurs envoyés par le ministère, venus appuyer la mission de la criminologue Hass, se tournent vers le lieutenant Lode afin de l'interroger sur ses faibles résultats, sur ce que l'on considère déjà comme un échec incompréhensible. Ils se tournent également vers lui afin de vérifier sa motivation, son zèle, les étapes majeures de ses recherches, de ses déductions, en particulier celles qui ont permis de mettre la main sur les dernières victimes, cette histoire d'éléments laissés par le tueur, (le drap et le fil de pêche), sur laquelle ils éprouvent quelques doutes.

L'intéressé fait alors l'affligeant constat que de réels soupçons de recel d'informations pèsent sur lui, sans déterminer au juste quelle en est l'ampleur ni ce qui, dans ses propos ou son attitude, les a précisément causés. À son tour, il soupçonne Costello d'avoir encouragé sinon orienté les contrôleurs dans cette voie et se félicite de s'être laissé aller en sa présence qu'à de brèves confessions concernant ses observations.

Lode préfère ne pas se défendre des graves manquements dont on l'accuse. Il n'en voit pas la nécessité d'autant qu'en face on ne dispose d'aucune véritable charge contre lui. Son comportement inchangé, à la limite de la désinvolture, lui vaut néanmoins de rester aux archives. Qu'importe, il s'en accommode plutôt bien, non sans décontenancer sa hiérarchie qui avait, sinon souhaité, du moins imaginé exactement le contraire.

D'un autre côté, l'enquête, ou plutôt les enquêtes se poursuivent. Le commissaire Basagran vient d'arrêter un suspect, Alain François, maçon de métier, ancien ami du couple Geber d'avec lequel, selon le témoignage des voisins, il a récemment rompu à la suite d'une violente dispute. L'une des deux séries d'empreintes inconnues relevées dans l'appartement est la sienne.

Le fait que, pour la première fois, les victimes aient été identifiées, suffit pour lancer des hommes sur cette piste. Au sujet de toutes les autres, malheureusement, les identités restent incertaines, plusieurs possibilités se présentent pour chacune d'elles. Les vérifications demandent de la patience et du temps. Le meurtrier les choisit probablement avec beaucoup de minutie, peut-être des *sdf*, des prostituées, des immigrés clandestins, des hommes et des femmes dont les disparitions n'alarment personne. Il prend soin de connaître leur vie, leurs habitudes, de suivre leurs allées et venues, de surveiller leur solitude, ce qui souligne combien ses crimes sont préparés et programmés de longue date.

Bien qu'il remplisse désormais une tout autre fonction, Nazaire Lode songe à l'enquête, et même davantage qu'auparavant, précisément en raison de ce qu'il n'y travaille plus. Le stade de la simple complication est bientôt dépassé, au point de devenir l'unique souci de ses journées, se transformant peu à peu en passion, à en perdre le sommeil et l'appétit.

Certaines nuits, incapable de dormir, il passe des heures à marcher le long du fleuve qui traverse la ville ou à circuler en voiture dans les rues désertes et enneigées pour se vider l'esprit, ne penser à rien, ni à sa famille, ni à soi, devenir inconsistant, condition qui permettrait, du moins l'espère-t-il, d'incarner n'importe qui afin de trouver une idée, un scintillement, et d'entrevoir une issue ; hélas sans succès.

Il souffre toutes les peines du monde à se défaire de cette impression confuse que plus il s'approche de la solution, plus elle s'éloigne, jusqu'à ébranler sa confiance en ses propres raisonnements, en sa propre logique. Perdant peu à peu sa lucidité, il perd sa tranquillité, son calme, que l'on prend souvent pour un désintérêt ostentatoire des êtres ou des choses.

Sa femme Nelly éprouve toujours plus de difficultés à le suivre dans ses discours, à le reconnaître dans ses comportements, dans ses décisions, lorsque la menace de le quitter, de retourner dans sa famille, de vivre ailleurs sans lui, cesse de l'émouvoir.

À mille lieux de ces perspectives, Nazaire reste convaincu non pas qu'il lui manque une pièce de cet immense puzzle macabre, mais qu'il ne la voit pas, qu'elle est pourtant là devant lui, sous son nez, à portée de la main, et qu'il ne la voit pas.

Il relit ses notes.

Les archives se situent au dernier étage, sous les combles, un endroit inaccoutumé pour des archives que l'on entrepose généralement aux sous-sols. Car c'était bien là qu'elles étaient à l'origine. Elles ont été transférées quatre ans auparavant à la suite d'une crue du fleuve exceptionnelle qui inonda la plupart des caves et des locaux souterrains de la ville.

Depuis cette date, les archives demeurent sous les toits, mais on n'a jamais disposé du temps nécessaire pour les reclasser en totalité. De nombreuses piles encombrent encore le sol et les allées, en attendant de les distribuer dans les rayonnages. Régulièrement, pendant les périodes creuses, Basagran envoie un homme ou deux terminer le rangement, ne disposant d'aucun personnel pour la gestion de ces archives volumineuses qui renfermaient cinquante années de police régionale.

En y affectant Nazaire Lode, le commissaire n'espérait pas faire son bonheur et comptait nullement sur cette mesure provisoire pour classer enfin tous les dossiers qui traînent sur le plancher.

Mais l'ex-enquêteur y trouve apparemment un certain plaisir. Costello lui rend visite – davantage par curiosité que par courtoisie – et a la surprise de constater que son ancien coéquipier y coule des jours heureux. Aussitôt informé, le commissaire croit à une feinte et décide de maintenir cette relégation.

De toute manière, Basagran a d'autre priorité que le devenir de l'un de ses subordonnés. Tôt le matin, le patron d'une grande brasserie du centre-ville a buté sur le corps d'un homme décapité, gisant dans une immense mare de sang à l'intérieur des toilettes. La tête demeure introuvable. Une cinquantaine d'empreintes différentes ont été relevées sur les lieux, rien de probant en apparence. L'une d'elles cependant appartiennent à un homme fiché, déjà condamné à dix ans de réclusion criminelle pour vol à main armée, libéré depuis deux mois par anticipation. Il continue néanmoins à faire l'objet d'une interdiction de séjour.

Toutes les polices et les gendarmeries de la région sont jetées sur les routes à sa recherche, bien inutilement d'ailleurs puisqu'il dormait dans le lit de sa compagne, où quatre équipes de policiers viennent le tirer en début d'après-midi.

Septième crime. Les médias évitent de relier celui-ci aux précédents. L'hypothèse sinon la certitude d'un tueur en série ou d'une secte tueuse ne mobilise plus les esprits. Seuls subsistent les assassinats, l'insécurité, la peur. Les habitants de la métropole provinciale organisent une *marche blanche* et défilent en grand nombre (près de 15000 participants selon la préfecture), soutenus par de multiples et diverses associations, pour dire "Non à l'insécurité !", "Halte à la terreur !" et réclamer le "Retour de la paix". La presse couvre largement la manifestation.

Ce dernier crime, attribué à un ancien condamné, indigne une fois encore l'opinion sur les pratiques de libération anticipée. Une soirée télévisée est organisée le jour même avec le concours d'un animateur très apprécié du public, consacrée à la diffusion de plusieurs témoignages édifiants, tous relatifs à l'épouvante qui pèse sur la ville. Des cas d'insomnie, des personnes qui refusent de quitter leur domicile, des élèves qui ne parviennent plus à travailler convenablement, des habitants qui vivent en permanence dans la crainte, des commerces, des entreprises dont le chiffre d'affaires a chuté. Des questions, des pleurs, des cris, des indignations… En fin d'émission, le préfet Nicol assure solennellement la fin des meurtres. Les patrouilles de police sont décuplées, s'y joignent celles de militaires et de quelques milices de volontaires.

L'identité de la dernière victime est encore indéterminée, en revanche, les nombreuses vérifications et contrôles permettent d'établir celle de la quatrième, la momie découverte dans un terrain vague, laquelle n'est autre qu'Antoine Geber, le fils unique de ce couple que l'on découvrit peu de temps après lui, à son domicile, également assassiné et transformé en statue.

Le nouveau capitaine Altig s'oriente maintenant du côté de l'histoire des Geber, bien que l'ancien ami de la famille, Alain François, demeure ici un suspect privilégié. On a vu des criminels qui, pour supprimer une personne, n'hésite pas à en tuer trois ou quatre autres dans l'intention de brouiller les pistes. On se rappelle le film de Costa Gavras *Compartiment tueur* ou du roman d'Agatha Christie *ABC contre Poirot*.

Dans le même temps, Anso Altig qui s'applique à reprendre l'affaire depuis le début, procède à plusieurs contrôles concernant le vitriol trouvé dans l'appartement de Méli Gora, l'auteur présumé des deux premiers crimes. Il s'agit bien du même produit utilisé sur la deuxième victime. Ce résultat cependant tend à innocenter l'accusé.

En effet, le fournisseur de combustible – les Entrepôts Industriels, propriété de la famille Demblayer – auquel Gora impute la responsabilité du bidon de vitriol mélangé à sa réserve de pétrole, reconnaît que des erreurs de ce type se sont produites en novembre et en décembre, à un moment où des vols de vitriol avaient été commis dans son entrepôt. À l'époque, ils avaient soupçonné un homme récemment embauché. Quelques jours seulement après cette constatation, il n'était plus revenu.

Altig vient ainsi de dégager deux sérieuses voies d'investigation en peu de temps. Son excellente réputation se trouve ainsi justifiée.

Perdu au milieu de ses archives, Nazaire Lode s'est à peine ému du septième crime, esquissant même un sourire. Il peut se le permettre, personne ne le regarde. Il l'avait prédit, selon sa théorie des couleurs et toujours d'après elle, deux autres devaient suivre, peut-être les derniers : qui sait même si dans le futur, on n'entendrait plus jamais parler du tueur.

Cette hypothèse porterait le nombre à neuf assassinats, trois par étapes ; neuf comme les

Muses, une inspiration du crime en somme. Lui-même s'étonne de l'exactitude de ses prévisions, comme s'il ne les prévoyait pas mais les commandait.

Du côté du commissariat, on est en effervescence. L'unité reçoit en effet la visite du préfet accompagné d'une trentaine de personnes qui envahissent les locaux. Deux jours auparavant, le ministre de l'Intérieur en a fait autant avec un aréopage bien plus impressionnant.

Oublié sous les combles, cerné par les dossiers et les cartons, écoutant parfois dans un recoin *Tous les chagrins sont calmés,* Lode ne risque rien. Les officiels ne montent jamais jusque-là haut. Il recouvre peu à peu sa tranquillité, son calme intérieur, en songeant à ces crimes qui ne laissent toujours derrière eux quasiment aucun indice ; à moins qu'ils ne soient eux-mêmes intégralement des indices.

En dehors de la cinquantaine d'empreintes, l'équipe du laboratoire scientifique n'a rien déniché dans les toilettes de la brasserie, scène du dernier crime, tout ayant été soigneusement examiné, jusqu'au papier hygiénique, aux cheveux, aux poils traînant sur le sol, aux cuvettes des W.C., les lavabos, le savon, les poubelles...

La surprise vient des gens de l'Institut médico-légal. Leurs analyses révèlent que le sang trouvé sur le sol n'appartient pas à la victime. Le ou plutôt les groupes sanguins sont en effet ceux de M. et Mme Geber. Déjà, la quantité répandue sur le sol avait paru suspecte aux yeux du capitaine Altig, – "On a égorgé un bœuf !" – et les résultats des examens ne font que confirmer ses présomptions.

Peut-être, en réaction contre les commentaires du responsable de l'enquête, largement diffusés par la presse, le meurtrier a-t-il voulu montrer par-là que ce crime devait se rattacher aux autres et qu'il en est bien l'auteur. Mais, unanimement, les médias préfèrent conserver cette relation pour eux, laquelle placerait les autorités dans une fâcheuse posture, le préfet Nicol en particulier qui avait garanti la fin des meurtres, sous-entendu la fin de la série. Ce dernier a d'ailleurs fort mal réagi et menacé Basagran de le révoquer si un nouveau crime se produisait dans sa région.

Davantage encore que tout ceci, l'information est gardée secrète dans la mesure où elle relance le débat sur l'innocence des présumés coupables toujours incarcérés. Pour Lode, cette explication de sang interverti, afin de contredire les réflexions du commissaire parue dans la presse, ne colle pas exactement avec l'ensemble. Jusqu'ici, le criminel n'a jamais cherché à *dialoguer* avec la police, ni n'a laissé de message en réponse aux allégations des autorités. Pourquoi se serait-il subitement avisé de communiquer avec elles, au risque de leur fournir des indices déterminants, une piste inédite à explorer, ou de nouveaux signaux à décrypter ?

Cette histoire de sang échangé ne doit pouvoir s'expliquer que du seul point de vue des actes criminels, dans leur intégrité, ce que le meurtrier lui-même peut considérer comme son *œuvre*. L'hypothèse du lien, entre la deuxième et la troisième série de crimes, reste possible. Il convient toutefois d'en isoler un autre, un premier lien, passé inaperçu, entre la première et la deuxième série. La tête de corbeau ramassée sous un meuble de cuisine, sur les lieux du troisième crime, devait donc être ce premier lien.

6

Trois fois grand

Le capitaine Altig vient donc de mettre à jour deux pistes mais aucune ne se montre facile. L'ancien employé des établissements Demblayer qui est lié aux vols de vitriol, se fait appeler Nassim Lofatt ; se fait appeler, car de toute évidence il s'agit d'une fausse identité.

En effet, à la préfecture, personne ne connaît ce nom, et on ne le voit répertorié nulle part. Son adresse indiquée sur le registre de l'employeur est celle d'un hôtel cinq étoiles du centre-ville, (le Cleiss, seul palace de la ville pour tout dire et propriété des Demblayer), un lieu de résidence bien trop luxueux pour un simple manutentionnaire. Il y a séjourné deux mois, probablement le temps d'un travail qui ne s'est sûrement pas limité à un simple vol de vitriol. Détail important, il a quitté l'hôtel le jour du deuxième crime.

À l'hôtel Cleiss justement, sa discrétion fut telle qu'on ne se souvient à peine de lui. Seul, un garçon d'étage peut livrer quelques informations fragiles : "Un homme plutôt grand, brun, maigre, dans les 30, 35 ans…". Des policiers recueillent ce témoignage, établissent un vague portait robot. Le document circule néanmoins dans tout le pays. Cela ne donne aucun résultat ; on en déduit naturellement que le suspect a passé la frontière.

La seconde piste n'est guère plus encourageante. Elle comprend autant de certitude que de zones d'ombre. D'après les premiers renseignements, la famille Geber s'était installée dans cette ville vingt ans auparavant, d'abord dans une maison individuelle, à la périphérie, ensuite dans le vaste appartement de la rue Bergland, avant d'emménager dans celui du centre.

Les Geber étaient des gens plutôt aisés, à en juger par l'état de leurs comptes bancaires, près de 400000 euros, auxquels il faut ajouter d'importantes sommes en argent liquide, trouvées chez eux dans deux mallettes, l'une cachée sous une pile de linge, l'autre au-dessus de l'armoire.

Le plus étonnant est certainement de remarquer que leur train de vie se situait à un niveau nettement inférieur à leurs capacités financières. On a l'habitude de dénoncer les personnes ou les ménages qui vivent au-dessus de leurs moyens mais il en existe bien davantage qui vivent en dessous. Les Geber vivaient en dessous de leurs moyens, comme si cet argent ne leur appartenait pas, ce que l'on peut aisément supposer dans la mesure où son origine reste obscure. Les Geber ne travaillaient pas, n'occupaient aucun emploi, du moins officiellement. On ne leur connaissait aucune source légale de revenus ; obscure donc, comme les Geber eux-mêmes.

On ne parvient pas à remonter leur histoire au-delà de leur installation dans cette ville, à croire qu'ils étaient tombés de la lune. Plus modestement, ils avaient dû changer d'identité. On ne leur connaissait que fort peu d'amis, peu de fréquentation, même chez leur fils. Ils sortaient rarement, avant tout pour faire leurs courses, répondre à des obligations.

Cette absence de passé, cette vie presque recluse, qui ressemblait fort à celle des gens en cavale ou menacés, relance les enquêteurs, en particulier Anso Altig. Ce dernier pressent avec une réelle inquiétude des profondeurs insoupçonnées, des portes qui n'en finiraient pas de s'ouvrir sur d'autres portes, des voies, des issues qui, sitôt entrevues, se transformeraient en passages vers d'autres promesses, d'autres voies : la douzième plaie. Il faut éplucher les comptes bancaires, répertorier, comparer les opérations, diffuser les photographies du couple Geber, contacter Europol, Interpol…

Ces nouveaux impératifs conduisent le capitaine Altig à réclamer d'autres appuis, de nouveaux soutiens, notamment, et à la surprise générale, celui de Nazaire Lode. Il sait combien son travail est en partie à l'origine de la découverte des cinquième et sixième victimes. Son aide se révèle subitement précieuse, et malgré le portrait peu reluisant qu'on lui a dressé du personnage, il veut le remettre sur l'enquête. Sur ce point, le commissaire Basagran se dit entièrement disposé à examiner la proposition, à condition toutefois que l'intéressé lui-même en fasse la demande.

Le problème justement pour Altig est que Lode n'a nullement l'intention d'entamer une telle démarche, et de demander quoi que ce soit à son supérieur hiérarchique – lui a-t-il jamais demandé quelque chose ? – il se dit confortablement installé dans les archives, à son aise au milieu des cartons, des dossiers, sans doute encore fâché d'avoir été exclu de l'enquête et dessaisi de l'affaire. Altig doit repartir comme il est venu.

Tout autre chose intéresse Lode à cet instant que d'être réaffecté à l'enquête. De toute façon, il la poursuit en silence, de son côté, ainsi qu'il procède plus ou moins depuis le début, puisque ses déductions s'accordaient rarement avec celles de son coéquipier d'alors, Villar Costello, et qu'il détestait en débattre pour tenter de les imposer. Il a coutume de croire, peut-être à tort, que la vérité n'exige aucune discussion, aucun débat, parce qu'elle s'impose d'elle-même. Si ses conclusions sont justes, le temps finira par lui donner raison. Mais elles peuvent aussi être erronées, et dans ce cas, mieux vaut éviter de convaincre son entourage par un débat.

Tout autre chose intéresse Nazaire Lode en effet. Il a constaté en relisant ses notes que ces séries de crimes suggéraient, par certains côtés, quelque chose de l'alchimie. Comment a-t-il appris ça ?

Parmi les encyclopédies qu'il continue de compulser, l'une d'elle met particulièrement l'accent sur l'importance qu'occupe le vitriol dans l'alchimie, encore appelée *Philosophie hermétique*, du nom d'un Dieu ou d'un personnage mythique grec *Hermès Trismégiste* (Hermès Trois Fois Grand) le fondateur de la doctrine.

En dépit de son aspect ésotérique, Lode se jure d'approfondir le sujet. Celui-ci promet effectivement une autre rationalité, une autre solution mieux élaborée, mieux construite, qui permettrait de sortir de l'impasse religieuse et mystique où stagnent les analyses. Maintenant, peut-être s'agit-il tout simplement d'une impression, pour ne pas dire d'un préjugé, qui veut absolument établir un lien entre l'alchimie et l'expression latine *Solve et coagula*, sa première découverte.

En attendant, au milieu de ce fatras de dossiers qui l'environnent, il a ouvert l'un d'eux, celui d'une affaire ancienne, l'affaire Carolus, à laquelle fut mêlée cette ancienne teinturerie, théâtre du deuxième crime. Il s'était juré de se pencher sur le dossier sitôt que les circonstances le permettraient. C'est chose faite : sa relégation dans les archives lui en offre la possibilité. *Affaire Carolus, AC 5698, 1978.* Septembre 1978, l'associé d'un commerçant est abattu chez lui de deux balles de revolver.

Rien d'extraordinaire en somme qui inciterait quiconque à s'attarder dans cette lecture, même pour un esprit curieux. L'enquête de l'époque s'enlisa tout de suite, les énergies parurent s'épuiser à son seul contact. En dépit des apparences qui laissaient penser à un vol qui aurait mal tourné, le teinturier – Albert Carolus – fut accusé du meurtre de son associé, Efim Effeld, dans le but de s'approprier ses parts et devenir l'unique propriétaire.

Selon le témoignage de la veuve, depuis plusieurs mois en effet, Carolus pressait son mari de les lui vendre. L'accusé démentit, clama son innocence, jura ses grands dieux qu'il n'était pour rien dans ce crime, en vain. Pourtant défendu par un grand avocat, il ne put éviter une lourde condamnation, 20ans d'emprisonnement. Deux jours après le verdict, on le retrouvait pendu dans sa cellule.

Résumée de cette manière, et sans doute avec le recul des années, cette affaire recèle des accents de coup monté. Pour une fois, les enquêteurs, l'instruction, le Parquet ne s'étaient pas limités aux seules apparences, lesquelles n'accablaient qu'un mystérieux – ou improbable – cambrioleur. Le phénomène mérite d'être souligné. Certes, l'accusé avait déjà été inquiété dans sa jeunesse, alors aide-comptable, pour une sombre histoire de détournement de fonds, des chèques laissés en blanc par des clients qu'il avait encaissés à son nom. L'incident s'était réglé à l'amiable. Mais aux Assises, devant le jury, il ne fut plus question de règlement amiable, ni même d'incident, mais d'une charge accablante supplémentaire.

Nazaire reconnaît volontiers que dans une salle d'audiences, où la rhétorique joue un rôle prépondérant, il est toujours possible de s'emparer du moindre geste, du moindre fait, et de le transformer en preuve de n'importe quoi. Une marque de bonne volonté peut bien devenir l'augure d'une sauvagerie effrayante pour peu qu'on l'accompagne du raisonnement et de la tonalité appropriés. Avec la distance des années écoulées, toute cette affaire, deux hommes morts pour une malheureuse teinturerie qui tentait vainement de passer à l'échelle industrielle, il y a là de quoi rire doucement.

Bien sûr, on en voit qui s'entretuent pour trois fois rien, un mot, un regard, un paquet de cigarettes... La misère humaine lui semble parfois si insondable, reculant sans cesse les limites de l'abjection et de la tristesse.

Lode désire néanmoins connaître l'actuel possesseur de cette vieille entreprise et même, pendant qu'on y est, du bâtiment tout entier. Surtout, il veut savoir pourquoi ce quartier des Alouettes, promis à la démolition depuis dix ou quinze ans, tient encore debout.

En tout premier lieu, il est plutôt surpris d'apprendre que la ville ne s'en est nullement portée acquéreur. Compte tenu des nombreux projets présentés ces dernières années par le conseil municipal au sujet du quartier, il s'attendait à ce que la ville en fût propriétaire. Apparemment, il se trompait.

Ce n'est donc pas la ville, mais feu M. Geber qui possédait la teinturerie, l'immeuble qui va avec, jusqu'au pâté de maisons tout entier. S'il s'agit là d'une coïncidence, elle s'avère plus que troublante. Étrange en réalité que l'histoire de cet homme sans passé, débarqué brusquement en ville avec femme et enfant, vivant ensuite en ermite, presque cloîtré, les poches bourrées d'argent. Dans quel but ?

L'acquisition d'un morceau de quartier où plus personne ne voulait vivre en dehors des exclus et des marginaux, où figurait une teinturerie pour laquelle deux personnes étaient mortes, et une autre vingt ans après, avant d'être tué à son tour avec sa femme et son fils. Faut-il suivre une relation entre tous ces faits disparates, entre les actuelles séries de crimes, l'histoire des Geber et la teinturerie de la rue Mancion ?

Difficile de ne pas le supposer. Vingt ans se sont écoulés entre l'ancienne affaire Carolus et l'actuelle affaire Gora-Pemcki. Vingt ans sont également écoulés entre l'arrivée des Geber dans cette ville et leur assassinat.

Lode croit nécessaire de communiquer une partie de ses trouvailles au jeune capitaine qui lui semble moins borné que Villar Costello. Bien que pressé par sa hiérarchie d'obtenir au plus vite des résultats dans son enquête, Altig préfère néanmoins s'intéresser à Mme Effeld, la femme de l'associé abattu en 1978 dont la déposition avait été déterminante dans la condamnation d'Albert Carolus.

À l'opposé des autres pistes, les renseignements sont ici plutôt rapides. Cette veuve s'est remariée l'année suivante, en 1979, à un agent d'assurance d'une localité voisine. Divorcée dix ans plus tard, en 1989, elle est revenue habiter dans cette ville. Vivant seule désormais, les policiers se présentent dans un appartement vide. Ses voisins, qui la croyaient partie à la campagne dans sa famille, ne l'ont pas revue depuis presque un mois. Ainsi, l'identité de la deuxième victime est peut-être trouvée. Les dates correspondent.

On vérifiera plus tard. Une huitième victime vient d'être découverte. Dans un pavillon cossu de la banlieue résidentielle, le corps d'un homme a été atrocement mutilé, pendu à un mur, décapité, éviscéré, les avants bras sectionnés ainsi que les jambes à hauteur des genoux, le tout fort soigneusement. Le corps ressemble à une carcasse de boucherie quittant l'abattoir. La femme de ménage, qui a poussé la porte en arrivant le matin, ne parvient toujours pas à surmonter son émotion plusieurs heures après la découverte macabre.

Contrairement à des situations antérieures, ici le tueur a opéré sur place sans apporter le sang d'un autre. De sang d'ailleurs, il y en a partout, dans la chambre, dans les couloirs, la salle de bain… La tête, les membres coupés, les viscères, gisent dans la baignoire.

L'identité de la victime ne fait aucun doute. Il s'agit d'Alfredo Moen, directeur commercial et premier adjoint au maire. Ce dernier alerté arrive sur les lieux aussitôt, accompagné de quelques membres de son équipe et de la presse locale. Son allocution télévisée devant la porte ouverte du pavillon d'où sortent des gendarmes portant des sacs poubelle fait grande impression. Sa démarche est jugée courageuse.

Dans le même élan, une heure plus tard et au même endroit, le procureur Bissau assure devant la presse que la police va procéder à de nouvelles arrestations. La liste est déjà prête. Malgré l'horreur de la scène, Anso Altig sait conserver toute sa lucidité et, bien qu'encore peu exercé à ce type de confrontations terrifiantes, il recueille deux informations capitales pour la suite de son enquête. La première concerne l'empreinte d'un pied de taille 41 laissée sur le sol grâce au sang répandu (la précédente empreinte relevée sur la scène du premier crime était du 42). La seconde touche un résidu de soufre qui stagne dans le fond d'un lavabo.

Pour Nazaire Lode, que le jeune capitaine rencontre dans ses archives en fin d'après-midi, la piste de l'alchimie se confirme. Aux yeux de Costello en revanche, la cruauté de ce dernier crime le conforte dans la voie de terribles psychopathes, de fous dangereux plus ou moins téléguidés par le gourou d'une secte. Cette thèse gagne les esprits de jour en jour.

En supplément des encyclopédies qui encombrent son bureau, Lode a encore réuni chez lui d'autres livres sur la question de l'alchimie. Tous mentionnent le soufre parmi les principes actifs de la matière dite première ou brute, la *Materia prima*, féconde et menaçante des alchimistes. Cet élément vient s'ajouter à ses récentes remarques relatives au vitriol, un élément quelquefois assimilé au mercure, entrant dans la composition de cette même matière première.

Plus encore, allant d'un livre à un autre, il montre à son supérieur comment les alchimistes – ou philosophes hermétiques – projetaient de fabriquer la *Pierre philosophale* au terme de ce qu'ils appelaient le *Grand Œuvre* ou *Magistère*, qui comprenait un ensemble d'opérations rigoureuses divisées en trois phases : la *nigredo*, l'*albificatio*, la *rubificatio*. En clair, l'œuvre au noir, l'œuvre au blanc et l'œuvre au rouge. Soit, le noir des trois premiers crimes, le blanc des trois suivants et le rouge d'à présent.

Tout concorde. Et Nazaire continue de lire à haute voix :"L'œuvre au noir participe du geste séparateur du *Solve*, la dissolution, souvent évoqué par l'image d'un homme brisant un œuf avec un glaive". Il répète "un œuf avec un glaive", puis reprend sa lecture "le blanc, le jaune, la coquille représentent les trois principes du soufre, du mercure et du sel structurant la matière".

Nazaire considère un instant le regard illuminé de son interlocuteur avant de poursuivre : "Après la *nigredo* vient l'*albificatio*, il s'agit de couper la tête du corbeau ; la matière se purge de son obscurité, de sa gangue grossière et s'achemine vers sa blancheur. L'œuvre au blanc doit s'achever à son tour sur la fusion des deux principes antagoniques, le mercure et le soufre, et la teinte pourpre. C'est pourquoi le troisième œuvre est appelé *rubificatio*. Encore une fois, le philosophe se conforme au schème *Solve et Coagula* ".

Le visage presque rayonnant, il suivait dans cette lecture la rétribution de tous ses efforts, des nuits, des semaines entières de recherches et d'études récompensées. Ses menus objets insignifiants, ridicules, ramassés ici et là sont bien des indices. Les crimes respectent donc une logique et une histoire précises, un cheminement déterminé, qui l'assurent malheureusement d'un neuvième et dernier épisode morbide pour demain ou pour le mois prochain, le tueur n'ayant jamais respecté d'intervalle régulier entre ses opérations.

Pourtant, si la théorie des couleurs et de l'alchimie s'avère judicieuse, pour ne pas dire juste, elle ne dit rien sur la future et peut-être dernière victime. On songe immédiatement au maire, son premier adjoint venant d'être assassiné. Sa protection est donc renforcée, son domaine familial et son appartement surveillés jour et nuit.

Les policiers de la Division E10 sillonnent la ville à bord de leurs imposantes berlines aux vitres noires, interrogeant les milieux mystiques, quelques mouvances paranormales et spiritistes : un centre d'accueil pour extraterrestres, une association de défense des morts-vivants, la Ligue des esprits frappeurs, les adeptes de la magie noire, Les Amis d'Asmodée, les clubs de voyance, des médiums, des cartomanciennes, des chiromanciens… sans résultat.

Pressé par le procureur Bissau, le juge Quélia interroge pendant plus de huit heures un clochard que des voisins ont remarqué la veille aux abords du pavillon d'Alfredo Moen. Au journal télévisé, le Parquet certifie qu'on tient un suspect. Ce même soir, les avocats Grett et Lapasset annoncent qu'un précieux témoin demande à être entendu par le juge depuis plusieurs semaines, lequel, avec l'assentiment du préfet, s'obstine à faire la sourde oreille. La préfecture dément aussitôt, mais le juge, d'abord réticent, doit entendre le témoin.

Un certain Isham Epezzo, vingt-deux ans, affirme que le fils du conseiller régional Eshayes a tué les membres de la famille Geber parce qu'il leur devait de l'argent.

L'information ne paraît intéresser qu'un petit nombre d'observateurs et de spécialistes. Les journaux télévisés de 20 h. lui consacrent à peine 10 secondes. Le juge Quélia, quant à lui, estime "rocambolesque" ce témoignage. Réagissant aussitôt contre le magistrat instructeur, le cabinet d'avocats l'accuse de partialité, le soupçonnant de vouloir protéger les notables de la région. Le juge menace de poursuivre les avocats pour outrage à magistrat. Ils font des excuses publiques.

Durant plusieurs jours, différentes autorités, divers représentants d'association, se succèdent sur les ondes tantôt pour dénoncer des manœuvres politiques, tantôt pour s'indigner que des criminels soient toujours en liberté, tantôt encore pour réclamer la démission du préfet, ou exiger que le juge d'instruction soit dessaisi. Les interventions de Faby Lessu, des Affaires sociales, et de Léo Gaillassous, psychanalyste, président de l'association Identité, Racines et Patrimoine, sont particulièrement appréciées. Ils s'appliquent à calmer les esprits en renouvelant leur confiance dans la police et dans la justice, tout en exigeant d'elles la plus grande fermeté.

Loin de ces agitations et au terme de leurs dernières déductions, l'espace des recherches semble s'être considérablement réduit, tant il devient évident dans les esprits de Nazaire Lode et d'Anso Altig que les zones d'investigations gravitent dorénavant autour de cette ancienne teinturerie et de l'affaire Carolus. Les principales orientations désignent cet ensemble et renvoient invariablement les enquêteurs de ce côté, comme les vagues rejettent les débris d'un naufrage sur la plage. Dernier élément en date et ultime indice, l'identification probable de la deuxième victime, l'ex-femme de l'associé Efim Effeld, soi-disant abattu par Albert Carolus. Les vérifications d'usage se poursuivent.

Au cœur de cette nième révélation et de la tempête médiatique, personne ne veut oublier les promesses du préfet Nicol. Des journalistes se précipitent à la préfecture dans la perspective d'une démission imminente, elle ne vient pas. Au lieu de ça, le préfet affirme qu'on l'a mal compris, qu'il démissionnerait si un nouveau crime avéré du tueur se produisait, ce qui, à ses yeux, ne s'est toujours pas produit. Il évoque Garry Eshayes (fils du conseiller régional), reprochant au juge de laisser cet homme en liberté alors qu'un témoignage l'accable. Il reproche également au commissaire Basagran de ne pas tout mettre en œuvre afin d'assurer la sécurité des habitants, de faire le jeu des adversaires de la démocratie, et finalement décide de muter ce dernier dans un chef-lieu de canton.

Mais lâché par les plus hautes instances qui lui reprochent d'être un administratif au lieu d'un homme de proximité et de terrain, critiqué par l'opinion publique qui l'accuse de parjure, et d'être une des causes majeures du climat de terreur qui pèse sur la province depuis quatre mois, la mort dans l'âme, le préfet démissionne la semaine suivante. Dans le même élan, le juge Quélia est dessaisi de l'affaire.

Extrait du Journal de Villar Costello

Mercredi 3 mars

L'assassinat du couple Geber, "dans des conditions tout aussi extravagantes et insupportables que celles des précédents meurtres" pour reprendre un article de presse, semble avoir rendu perplexe toute la province. Même les fêtards endurcis ont pris du recul. Partout sur les places, dans les cafés, la même incompréhension se lit sur les visages, la même question se fait entendre : "Mais qu'est-ce c'est que ces crimes ?"

Ça nous a valu l'arrivée de la capitale d'une nouvelle équipe d'enquêteurs – une de plus – qui a pris le commissariat en main. Désormais, c'est la capitale elle-même qui s'occupe directement de nos affaires.

Conséquence, à la suite de Nazaire Lode, j'ai été interrogé durant deux heures par les membres de cette nouvelle équipe V04, enfin par trois d'entre eux pour être précis, deux femmes et un homme, soi-disant pour nous aider à y voir plus clair. Moyenne d'âge 25 ans, plus juges et plus soupçonneux que tous les vieux confesseurs du passé réunis. Ils ont accumulé accusation sur accusation, condamnation sur condamnation, un vrai festival de la honte. Pour un peu, je me serais cru revenu 25 ans en arrière, en collégien, devant un conseil de discipline.

Pour finir, Lode a été expédié aux archives. Ce n'est pas étonnant, avec ses théories fumeuses. Bien sûr, il ne parle pas beaucoup, mais quand il parle, il ferait mieux de se taire. Il a d'ailleurs failli m'entraîner avec lui dans sa chute. Je dois à la criminologue Armelle Hass qui a parlé pour moi d'être toujours sur l'enquête. Je croyais que c'était pour mes beaux yeux. Mais en échange, je dois trouver les informations que Basagran conserve auprès de lui et les remettre au maire, plus précisément au 1er adjoint.

En réaction contre ces attaques, le commissariat a reçu un nouveau responsable des enquêtes, Anso Altig, envoyé par le préfet. C'est un surdoué paraît-il. La place de capitaine m'est passé sous le nez, une fois de plus. "Vous passerez capitaine à la prochaine fournée, m'a dit le commissaire, vous avez les compétences et de bons états de service. Soyez patient."

Je ne fais que ça, être patient.

Basagran veut se préparer contre ses détracteurs et s'armer contre eux, tout comme le préfet Nicol. Les deux hommes font bloc pour mieux leur résister. Ils s'agitent, ils téléphonent tout le temps, partout. C'est marrant à voir parce qu'ils sont déjà grillés l'un comme l'autre. Inutile d'être devin. Ce n'est pas de la voyance. Les Demblayer sont en train de les lâcher, eux qui les avaient pourtant réclamés sur ces postes. D'ailleurs, il paraît qu'un nouveau commissaire est en ville depuis une semaine, et qu'il loge à l'hôtel des Cigognes. Il n'attend qu'un coup de fil et, pour tuer le temps, passe ses journées à jouer au billard.

Lundi 15 mars

Nazaire Lode ne fait rien pour arranger sa situation. Les autorités ne veulent pas entendre parler de crimes en série, même si dans la plupart des esprits cela ne fait aucun doute. Répondant à un journaliste, Lode se dit d'accord avec sa hiérarchie et propose des "séries de crimes". Le mot est publié le lendemain. Ce qui lui vaut d'avoir l'inspection générale sur le dos. On l'accuse d'être désinvolte. Par les temps qui courent ce n'est pas banal.

Au commissariat, il règne une ambiance folle. Basagran, qui sait combien ses jours sont comptés, est plus irascible que jamais. Le bonhomme est critiqué de toutes parts. La presse l'accable, la mairie le harcèle et la préfecture l'abandonne.

Pour tout dire, ce climat n'est pas particulier au commissariat ou aux services municipaux, il concerne la ville tout entière. Il est alimenté par la presse, entretenu par certaines autorités locales et autres responsables – pas un jour ne s'écoule sans qu'ils évoquent l'angoisse ou l'insécurité des habitants, les cauchemars des enfants – les peurs et les suspicions se répandent. Toute personne d'aspect ou de comportement singulier, qu'elle soit à pied ou en voiture, est contrôlée par les nombreuses patrouilles de police qui sillonnent la ville.

Dans la région, plusieurs groupes d'opinion se sont constitués qui prennent une part toujours plus active dans les décisions, qui interviennent toujours plus fréquemment dans les débats et les tables rondes. Je ne parle pas de ceux (une petite vingtaine) qui se réunissent presque chaque semaine devant le palais de justice pour réclamer le rétablissement de la peine de mort. Ceux-là font partie du pittoresque, ce pourquoi la presse les montre volontiers pour occulter les autres, bien plus efficaces.

Parmi ces derniers, il y a un courant d'opinion qui défend la thèse d'une multiplicité de criminels. Il y a aussi celui de la secte tueuse, ou encore celui qui soutient que le vrai criminel est toujours en liberté.

Dans cette mouvance, on trouve les partisans de l'opinion selon laquelle les meurtriers sont cachés par des personnes haut placées, ou bien protégés par quelque obscur financier d'un parti politique. D'autres enfin qui veulent reconnaître dans les criminels des fils de famille ou des extra-terrestres.

Chacun oppose à ses concurrents la rigueur de son raisonnement et la justesse de ses propos. Dans cette basse-cour assourdissante, bienheureux celui qui peut suivre un fil conducteur.

Le plus récent fait état d'une machination montée de toute pièce par l'extrême droite, ce qui la replace au-devant de la scène puisqu'elle est invitée sur toutes les chaînes pour se défendre. Celle-ci ressort du placard ses thèmes habituels et, dans le même flot, accuse presque pêle-mêle les criminels en permission, ceux relâchés pour bonne conduite, les libérations conditionnelles, l'abolition de la peine de mort ou la prescription "qui encouragent le crime et l'esprit de malice". Elle prône l'état de siège, des enquêtes de voisinage et veut boucler les cités.

La criminologue Armelle Hass reste convaincue que ces meurtres sont l'œuvre de plusieurs malades, des illuminés que l'on manipule avec d'autant plus de facilité qu'ils sont fragiles. Un tel souci du détail dans le meurtre ne peut provenir que de sociopathes.

On propose de fouiller chaque garage, chaque cave, chaque entrepôt de la ville basse. L'armée est attendue en renfort. Ces perquisitions ne donneront rien, en tout cas rien qui concerne les enquêtes. Ce sont des mesures plus politiques qu'autre chose. Ça rassure la population.

Lode pense que les crimes cesseront après le 9ème. Il m'énerve l'imbécile. Il en est rendu à l'alchimie et aux couleurs... Le pauvre type a l'air complètement perdu. Qui s'intéresse à l'alchimie, qui sait ce que c'est ? Le plus surprenant vient encore d'Altig, le surdoué, qui semble maintenant l'écouter avec intérêt.

Un imbécile ne suffisait pas, maintenant on en a deux.

Enfin, comme on le pressentait, la mairie n'a pas renouvelé le bail et Isabelle se retrouve sans atelier. Du coup, elle est partie avec les enfants pour 15 jours. Tant pis pour l'école. Espérons que ce ne soit pas davantage. D'autres parents ont pris la même décision.

Mercredi 14 mai

Du côté des autorités judiciaires et politiques rien ne bouge, rien ne change, si ce n'est la bataille qu'elles se livrent entre elles et qui s'intensifie au fil des jours. La plus petite faiblesse, la moindre défaillance, le moindre raté, la plus infime erreur, déclenche aussitôt de violentes campagnes de dénigrement, chaque responsable cherchant alors à se montrer meilleur, plus compétent, plus efficace que les autres.

Le préfet Nicol a menacé Basagran de sanctions. Le maire parle d'une véritable organisation criminelle doublée d'un réseau d'immigration clandestine, aux multiples ramifications, qui mettraient en cause des personnes de la préfecture : de faux permis de séjour y auraient été vendus chèrement. Le procureur fait pression sur le juge Quélia.

Nombreux veulent définir une grille de sécurité quadrillant la ville, isolant les quartiers les uns des autres, avec des contrôles militaires à toutes les entrées, à tous les carrefours, mettre la ville en quarantaine. Quelques-uns soutiennent la nécessité d'un couvre-feu ; bien que, dans la pratique, ce soit déjà le cas. Alors on se bagarre pour fixer l'heure, 19h, 20h...

Ainsi l'atmosphère générale se détériore un peu plus chaque jour et tourne à l'hystérie collective. Tout le monde craint tout le monde. Les rapports humains les plus simples s'entourent au préalable d'un lot de précautions invraisemblables, rendues nécessaires, au point de s'avérer quasiment impossibles sans médiateur : premier effet de ce climat de terreur.

La vie en communauté est devenue épuisante. Parler de la pluie et du beau temps est un signe d'indifférence à tout ce qui se passe. Pour être cru, pour que l'on croie à sa sincérité, il faut désormais placer de l'émotion dans ses propos à défaut de quoi on est accusé de cacher des choses, de mentir.

On fait des reproches à ceux qui n'ont pas parlé, puis à ceux qui ont parlé. Les règlements de comptes fusent de toutes parts, un vrai feu d'artifices. Les accusations publiques se multiplient, dans les journaux, à la radio, sur le perron de la mairie ou de la préfecture. Les lettres de dénonciations affluent au commissariat à un rythme effréné. Nous en sommes à deux cents par jour. Si c'étaient des billets de mille, je serais millionnaire.

Des enfants dénoncent leurs parents, des frères se dénoncent entre eux, des voisins, des collègues... C'est le gros déballage de printemps, chacun y va de son petit secret à dévoiler, de sa petite révélation à faire, les yeux bleus grands ouverts, larmoyants, les dents serrées, le souffle court : "J'ai des choses importantes à dire..."

Les autres, ils ont intérêt à faire preuve d'empathie et de compassion, et plutôt deux fois qu'une. Tout excentrique, tout immoraliste est mis au ban de la société.

L'unique boîte de strip-tease de la ville a été contrainte à la "fermeture provisoire", a indiqué le sous-préfet en précisant que : "maintenir ouvert ce type d'établissement est une insulte aux victimes."

Le curé organise une procession pour dimanche. La ville serait en proie à une épidémie que cela ne ferait aucune différence.

7

Anagramme

Dorénavant, l'alchimie constitue un filtre obligatoire pour porter un nouvel éclairage sur les articulations et les composantes des scènes de crime ; surtout pour sortir du bourbier des thèses antérieures qui cependant sont toujours à l'œuvre. Comme une indication supplémentaire, la bibliothèque des Geber comprenait une quinzaine d'ouvrages sur le sujet, dont certains paraissent anciens, peut-être même rares pour quelques-uns d'entre eux.

Cette référence à l'alchimie permet également d'apprendre que leur nom, Geber, a été probablement emprunté à un alchimiste arabe du VIIIème siècle, Djabir ibn Hayyan. Dans sa transcription latine Djabir donnait en effet *Geber*. Selon toute vraisemblance, s'intéressant de près à la philosophie hermétique, ils s'étaient installés dans cette ville, sans doute pour y recommencer leur vie, avec de faux papiers établis au nom d'un alchimiste du haut Moyen Age.

Sans doute, mais pourquoi précisément dans cette ville ?

Les démarches d'Anso Altig auprès d'Interpol ne donnent rien de concluant. Cette famille serait venue d'Angleterre, mais elle arrivait probablement d'outre Atlantique, du Canada ou des États-Unis. Doit-on rechercher une personne ayant séjournée suffisamment longtemps en Amérique du Nord pour connaître les Geber et très bien les connaître ; une personne toute désignée pour devenir l'ultime victime du tueur ?

Pourtant, on ne leur connaissait quasiment aucune fréquentation, aucun ami en dehors de ce maçon Alain François. Mais il faut chercher tout de même. Du côté des opérations bancaires de cette famille, les premières conclusions s'étalent sur le bureau du jeune capitaine. Parmi les trois comptes, étrangement répertoriés dans le classeur personnel de Geber par des chiffres sans signification apparente, *901*, *70* et *518*, le premier était dévolu aux dépenses domestiques courantes, sur lequel se débitaient notamment les chèques pour l'électricité, le gaz, etc. Ce compte était régulièrement alimenté par des versements mensuels de 2000 euros provenant d'un compte numéroté au Lichtenstein.

Les deux autres comptes, *70* et *518*, restaient quasiment intouchés et jouaient apparemment le rôle de tirelires. Ils étaient approvisionnés de façon irrégulière, et recevaient des virements d'une banque suisse dont les montants s'élevaient dans une fourchette comprise entre 10000 et 50000 euros. Ils ne subissaient pour ainsi dire aucune opération débitrice, sauf deux radicales qui, tous les cinq ans, les vidaient presque en totalité, de l'ordre des 300000 euros, à destination de mystérieux bénéficiaires désignés par les nombres *14* et *655*. "Tout ça fait beaucoup de chiffres !"

La mise à jour de ces opérations est l'œuvre d'un jeune stagiaire, Guillaume dit "Guillou", particulièrement efficace et prometteur, qui se destine à la Brigade financière. Deux semaines de travail à raison de 8 à 10 heures par jour, pour reconstituer l'intégralité du réseau, avec ses tenants et ses aboutissants, hélas toujours anonymes.

Ce recours singulier à des nombres pour désigner les créditeurs et les débiteurs, en plus des sommes et des comptes bancaires eux-mêmes, loin de passer inaperçus éveille sa méfiance, comme cela risquerait de se produire chez la plupart des observateurs.

Autant de chiffres en effet, il y a de quoi se perdre et se tromper. Pour éviter les erreurs l'unique solution doit donc passer par un code, à la fois simple et efficace. Il s'empresse d'en informer Anso Altig, lequel, à son tour, en fait part à Nazaire Lode. Celui-ci a pratiquement élu domicile dans les archives, se réservant un recoin où il peut en toute quiétude à la fois examiner en détail les rapports d'enquête de l'affaire Carolus et étudier ses ouvrages d'alchimie.

L'utilisation de tels chiffres pique naturellement leur curiosité. Ils songent à différents codes secrets, fort répandus dans la tradition alchimiste, notamment des équivalences faciles et célèbres entre chiffres et lettres, mais sans succès. Lode pense de nouveau à cet adepte arabe, Djabir, dont Geber avait emprunté le nom occidentalisé, et qui s'était consacré au déchiffrage des lettres. Il pourrait adopter sa méthode – en supposant que le procédé s'inverse – ce qui l'obligerait à en assimiler une connaissance approfondie, en tout cas suffisante pour sauver la dernière victime. Ce ne serait toutefois jamais à temps.

L'arrivée du commissaire remplaçant est précédée de peu par celle du nouveau préfet. Venant l'un et l'autre de l'extérieur de la métropole, ils apportent dans leurs bagages une nouvelle équipe de spécialistes débarquée de la capitale, (la quatrième). Munie de tout un appareillage *high-tech*, se déplaçant en voiture de sport, ce nouveau commando baptisé "DEUS" (Département des Enquêtes Urbaines Spéciales), crée tout exprès par le ministère, (deux femmes et trois hommes, moyenne d'âge 23ans), est déterminé à faire échouer les projets du tueur et à mettre un terme définitif à ses agissements. La responsable parle de grands changements qui permettront d'atteindre ces objectifs.

Tout le monde l'a compris, l'impératif est d'éviter à tout prix la neuvième victime : "Surtout pas de neuvième victime coûte que coûte !". La mort du premier adjoint au maire doit clore cette histoire infernale.

Pour Nazaire Lode en revanche, le départ du commissaire Basagran ne change rien à son affectation. Il demeure sous les combles, parmi les dossiers, malgré l'insistance d'Anso Altig de le réintégrer au groupe d'enquêteurs. Manifestement le changement promis par la nouvelle équipe DEUS n'exclut pas la continuité, Lode doit encore patienter.

Avec les dernières dispositions réglementaires, les sorties nocturnes en ville deviennent difficiles en raison précisément des multiples contrôles de police. Ceux-ci se montrent d'autant plus soupçonneux que les autorités recommandent aux citadins de rester chez eux passé 21 heures. Le déploiement de forces est considérable pour une localité de cet ordre, y compris pour la métropole d'une grande province. On se croirait aisément en état de siège, menacé par des attentats terroristes ou par une insurrection populaire. Même en plein jour, ou le dimanche après-midi, il est fréquent de croiser dans le centre-ville deux ou trois patrouilles en l'espace d'une heure de temps.

Le personnel policier n'étant pas en nombre suffisant, les inspecteurs eux-mêmes, exceptionnellement, doivent effectuer des rondes. Le successeur de Basagran, le commissaire Caminal, qui a longtemps exercé dans les îles, semble goûter un plaisir inégalé à constituer et à reconstituer les équipes, à définir les tours de surveillance, à en exonérer certains, à en accabler d'autres. Aux dires des anciens, avec un tel homme à la tête du commissariat, ils n'ont pas gagné au change. Du reste, ils se sont plus ou moins tous imaginés voir apparaître un jeune, un premier de la classe, major de promotion, raide dans son costume, une grille de lecture à la place des yeux ; ils virent arriver un homme âgé, à deux ans de la retraite, qui commença par leur dire : "Rien n'est acquis !".

Les résultats du laboratoire ont confirmé l'identité de la deuxième victime, ex-épouse de Efim Effeld, l'associé d'Albert Carolus, ainsi que l'identité de la première, Numa Gailord. En revanche, celles des troisième et septième victime font l'objet d'ultimes contrôles. Deux noms circulent : Dalil Marin, 58ans, chauffeur livreur, et Guy Moll, 50ans, manutentionnaire. Tous deux habitaient des quartiers différents, vivant seuls depuis plusieurs années, mais aussi connus l'un et l'autre des services de police pour des délits mineurs. Des voisins, des amis, ont signalé leur disparition et parmi eux, certains ont également indiqué que les deux hommes se connaissaient.

Cette solitude de nombreuses victimes a déjà été soulignée. Le capitaine Altig y voit brusquement une voie de recherche supplémentaire. C'est un point commun, le seul peut-être, qui les unit presque toutes. Peut-être partageaient-elles le désir de mettre un terme à leur condition ou d'en atténuer les effets pénibles. Qui sait si toutes ne fréquentaient pas des clubs pour célibataires. Comment ne pas y avoir pensé plus tôt ?

Pour tout dire, dans cet enchaînement de stupeurs et de convulsions qui désignent des coupables à tour de bras – onze personnes sont toujours incarcérées – poussant les gens dans un sens puis dans un autre, certains enquêteurs ont eu du mérite à conserver quelque disponibilité d'esprit.

Malheureusement, Caminal ne juge pas judicieux ce nouvel élément et préfère conserver la piste des mystiques en rapport avec des communautés, privilégiant l'explication des sectes. Selon lui, les directives du ministère sont strictes et précises, il faut aller au plus vite.

Le procès de Meli Gora et d'Alt Pemcki s'ouvre dans une quinzaine de jours, leur rôle majeur dans les trois premiers crimes est pratiquement établi. Ce n'est plus le moment de s'engager sur de nouvelles pistes.

Le nouveau commissaire reproche au capitaine Altig de jeter l'argent des contribuables par les fenêtres et de s'enfermer dans l'hypothèse du simple voire du double meurtrier, tandis qu'on tient plusieurs accusés sous le coude (au moins onze), rappelant pour finir que le lien direct entre tous les assassinats reste encore à établir. Désormais, chaque projet d'investigation devra lui être soumis, et c'est à l'ardeur, à la conviction que déploiera son auteur à le défendre qu'il donnera ou non son accord.

"Autant affirmer que l'enquête est close", conclut Anso Altig qui souligne dans le même élan des contradictions manifestes. D'un côté, on dénonce les coûts d'analyse de laboratoire, pendant que d'un autre on expédie sur les lieux des unités complètes d'experts et de commandos spécialisés qui coûtent cent fois plus cher, alors que les investigations sont supposées terminées.

Ces diverses réflexions faites à voix haute vaut à Altig de se voir enlever la responsabilité de l'enquête, sans grande surprise toutefois, puisque ses liens supposés avec l'ancien préfet Nicol, lui-même débarqué, l'ont déjà poussé vers la sortie. Le bénéficiaire de ce remaniement n'est autre que Villar Costello lequel, ayant fait oublier sa disgrâce, et quoique d'un grade inférieur, revient ainsi aux affaires et au premier plan.

Comme pour relancer le zèle des policiers, des habitants organisent une nouvelle manifestation dans le centre-ville afin de protester contre l'insécurité, dire "Non au crime ! Non à la haine !" et déposer des fleurs devant le pavillon d'Alfredo Moen. En tête du cortège, Faby Lessu,

Léo Gaillassous et Joy Baculard, une journaliste locale qui vient de se faire remarquer. Celle-ci s'était révoltée dernièrement sur un plateau de télévision au sujet de l'audace sans limites des malfaiteurs qui finissent par imposer leur loi à l'ensemble de la population. Devant un artiste invité par la chaîne qui estima ces propos exagérés, elle s'indigna avec véhémence : "Vous ne pensez pas aux victimes ! "avant de l'accuser d'être un partisan du chaos.

La ville gorgée de gendarmes, sillonnée par les patrouilles de police, contrarie probablement les plans du tueur. Trois semaines complètes s'écoulent depuis le meurtre du premier adjoint, sans qu'il se soit manifesté d'une manière ou d'une autre. Jamais encore, on n'a mesuré un délai si étendu entre les crimes – douze, quinze jours au maximum – bien que certains aient été découverts longtemps après, et de façon fortuite. Cela n'empêche nullement les autorités de crier victoire, de se féliciter de la justesse de leur plan et de leurs bonnes résolutions.

On pense alors que les démonstrations de forces ont eu raison de toutes les démences et rétabli le sentiment de confiance dans l'esprit des citoyens. Le procès Gora et Pemcki peut s'ouvrir en toute sérénité. À cette occasion, toutes les chaînes de télévision nationales et quelques grandes étrangères ont fait le déplacement. Le palais de justice, assiégé par les camions radios et les camping-cars, ressemble à un camp retranché. Il fait beau, des journalistes déjeunent sur les pelouses, des cortèges entiers d'habitants évoluent autour d'eux pour essayer de les identifier et obtenir des autographes.

Tous s'accordent à reconnaître qu'il s'agit d'un véritable événement. On juge des criminels qui ont fait trembler une ville entière, et même toute une région, pendant plus d'un mois, sur le point même de la paralyser, d'entraver le commerce et le travail. On multiplie donc les reportages consacrés à la fin de la terreur, sans omettre de montrer les enfants qui jouent dans les squares, l'un d'eux dans les bras d'un gendarme mobile, illustre la légende : *La fin du cauchemar. Le sourire retrouvé.*

Anzo Altig se reproche d'avoir négligé le passé des victimes lorsqu'il en avait encore la possibilité, en particulier celui d'Alfredo Moen, le seul avec le couple Geber dont l'identité ne pose aucun problème. Il se répète que l'affaire Albert Carolus représente l'origine et la source de tous ces crimes.

À l'opposé des nouvelles directives officielles, il continue lui aussi son enquête en silence cherchant, parfois en compagnie de Nazaire Lode, les significations possibles de tel ou tel mot, de tel ou tel objet. Ce dernier, toujours dans ses archives, profite de cette mise à l'écart prolongée pour se pencher plus longuement sur différentes équivalences ou combinaisons de chiffres relevés dans le classeur de Geber, mais là encore sans résultat.

Altig poursuit secrètement de son côté la piste des clubs de rencontre pour retraités, un seul en réalité – le *Joli Club* – qui est également un dancing bar situé à proximité des faubourgs.

Exclusivement réservé à des membres adhérents, en général des sexagénaires, il organise pour eux chaque fin de semaine des thés dansants. Toutes les cartes personnelles portent impérativement un surnom – choisi bien sûr par le client lui-même – de ce fait, en théorie, seule la direction connaît le nom et l'adresse de chaque adhérent.

En théorie seulement, car dans la pratique, il n'est pas difficile pour les membres les plus anciens, sous certaines conditions toutefois, d'obtenir des renseignements. À ce jour, ces exceptions n'ont pas occasionné la moindre anicroche. Combien sont-ils à jouir de ces passe-droits ?

Une bonne douzaine. La ville n'est pas gigantesque, on aurait vite fait de les interroger. Une seule ombre au tableau : les victimes du tueur ne sont pas toutes membres du *Joli Club*, notamment celles des deux premiers crimes. D'après les témoignages, elles ne l'ont même jamais fréquenté. Par ailleurs, le lieutenant sait fort bien que n'importe qui peut guetter une personne sortant du dancing et la suivre jusqu'à son domicile. Inutile donc de recourir au fichier des adhérents du club pour obtenir leur adresse.

De toute façon, qui s'en soucie ? L'heure n'est plus aux investigations ni aux recoupements, on n'a d'yeux que pour le palais de justice et le procès Gora-Pemcki. Tout s'y mêle, tout y est, le crime, la violence, les sectes, la drogue, les trafics, le proxénétisme, la prostitution, les immigrés clandestins... On s'emploie avec zèle et fébrilité à juger l'ensemble, et déjà flotte dans l'air cette espèce d'assurance feinte qu'une fois le verdict prononcé, et qui se voudra exemplaire, dans une abondance de cris et de pleurs, toutes ces hontes s'effaceront. Les violents, les clandestins, les sectaires, les proxénètes, les trafiquants de drogue, les condamnés eux-mêmes n'existeront plus.

Pour les avocats de la défense, la partie est plutôt mal engagée. Ils se confrontent à une profusion d'accablements, à un déferlement de certitudes, la plupart non fondées au regard des dossiers quasiment vides, (spécialement celui d'Alt Pemcki qui ne chausse même pas du 41). Les juges, la partie civile, les jurés, l'assistance, tous paraissent convenus du scénario. La plus simple objection des avocats la défense devient une preuve de mauvaise volonté. Une question, une démonstration équivaut à une profession de foi en faveur du crime. Régulièrement, le Président ou le Procureur peuvent lancer à la défense : "Vous savez très bien ce que nous voulons dire !"

Écœuré, Anso Altig quitte le tribunal.

8

Métamorphose

Passant en voiture devant le *Joli Club*, le regard tourné vers l'immeuble d'en face, brusquement revient à l'esprit d'Altig son propre commentaire quant aux clients du dancing susceptibles d'avoir été suivis jusqu'à leur domicile sans connaître leur carte de membre. Et dans ce cas, qui était mieux placé qu'un riverain pour le faire ?

Sans doute, la façade de l'immeuble, entièrement plongée dans l'obscurité, lui a-t-elle suggéré cette remarque. Le bâtiment abrite pour l'essentiel le siège social de la société de travaux publics *Vont Colonne*, propriété de la famille Demblayer. Le reste du bâtiment est constitué d'un ensemble de bureaux loués à des entreprises, seule une petite partie est restée libre, au second étage. Inutile d'espérer obtenir un mandat de perquisition, Caminal s'y opposerait. L'affaire étant classée, il faudrait consacrer une bonne heure à discuter avec lui pour se justifier.

Le soir même, Nazaire et Anso décident de s'y introduire en empruntant les toits, sans en informer leur hiérarchie. Une fois à l'intérieur, les portes aisément crochetées permettent une progression rapide jusqu'aux bureaux 24 à 28, naturellement déserts à cette heure, qui offrent une vue dégagée sur la rue et l'entrée du club. Seul dans le N°24, oublié près d'une fenêtre, figure un meuble métallique à deux grands caissons. Dans celui de gauche, ils trouvent une centaine de photographies de clients sortant du club, toutes prises apparemment au téléobjectif.

L'intuition d'Altig s'avère juste à plus d'un titre. Qui était mieux placé qu'un riverain pour le faire, qui en effet ? Mais l'enthousiasme passé, en réfléchissant bien, quelle utilisation feront-ils de tous ces clichés, de tous ces visages d'hommes et de femmes, bouffis, hagards, éreintés, après quatre ou cinq heures de valse ou de tango, échoués sur le bord d'un trottoir ? Les vérifier un à un avec le fichier de la direction du club prendrait des heures, sans l'assurance d'un résultat.

Certainement, le tueur repérait-il ainsi les membres les plus esseulés, ceux chez qui la solitude était le moins supportable. Il lui fallut prendre les photos, les développer probablement lui-même, les remiser dans ce bureau afin d'éviter qu'on les découvre chez lui. Probablement, les deux enquêteurs l'imaginent bien l'un et l'autre en considérant l'enseigne lumineuse du club. Mais qui *on* ? Il les remisait dans ce bureau afin d'éviter qu'on les découvre chez lui, mais qui *on* ? La police, sa femme, ses enfants, ses amis ?

Scénario étrange : il repérait des personnes seules, la plupart retraitées, pour éviter que leur disparition ne se remarque rapidement, et pourtant il ne dissimulait pas les corps. D'un côté, il ne désirait pas alerter prématurément et de l'autre, il ne cachait pas les corps.

Autrement dit, ses craintes étaient que l'on puisse identifier ses victimes. Il ne s'opposait pas à la découverte des corps mais à leur identification, c'est pourquoi il les choisissait isolées. Or, toutes les victimes à ce jour ont été identifiées. Dès lors, cette collection de photographies ne sert à rien. Encore une piste tout compte fait qui n'aboutit pas. Les gens du laboratoire dépêchés sur les lieux le lendemain ne relèvent aucune empreinte, ou bien trop abîmées, trop anciennes, pour être utilisées.

Déçus, le capitaine Altig et le lieutenant Lode s'installent devant deux whiskies dans un bar du centre, le seul qui reste ouvert jusqu'à minuit. Ils regardent autour d'eux, sans rien dire, suivant des yeux machinalement les rares voitures qui passent dans la rue, les quelques piétons attardés sur les trottoirs qui ont repris confiance depuis l'ouverture du procès.

Subitement le visage de Nazaire devient grave et songeur, comme s'il venait de suivre une scène d'une profonde tristesse, avant de murmurer à son voisin que la neuvième victime est morte depuis longtemps. Vingt-cinq jours, presque un mois sans nouvelles, il n'y croit pas, malgré les patrouilles de police, quand bien même il y en aurait eu deux fois plus. Selon lui, le meurtrier a achevé son œuvre, et même parachevé. Peut-être, ne retrouvera-t-on jamais cette victime, il s'en était déjà fallu de peu que l'on passe à côté de beaucoup d'autres.

Il ne peut s'empêcher de sourire en pensant au procès qui se poursuit avec les mêmes convictions, la même ferveur, le même éclat. Le témoignage de Faby Lessu sur les prostituées mineures défigurées au vitriol ; celui du psychanalyste Léo Gaillassous sur les enfants traumatisés par une ville en état de siège, bouleversèrent le jury, celui encore du commissaire Caminal sur les réseaux d'immigration clandestine et de trafic de drogue scandalise le public.

L'avocat général, soucieux de démontrer que les accusés Gora et Pemcki avaient agi en parfaite connaissance de cause, requiert des peines de 20 et 15 années d'emprisonnement. La fin de son réquisitoire émeut l'assemblée jusqu'aux larmes lorsqu'il exhibe deux morceaux d'étoffe noircis, les restes d'un maillot de football que portait la deuxième victime dissoute dans l'acide, preuve que les accusés, dépourvus de tout sens moral, ne respectent rien. La délibération promet d'être brève. Le verdict est attendu en fin d'après-midi ou en début de soirée.

La huitième victime avait été abattue et dépecée dans son pavillon, comme une bête d'abattoir. Spontanément, Altig et Lode se demandent avec angoisse quel sort, quel traitement le meurtrier a bien pu réserver à la dernière. Et puisqu'il s'agit toujours de la phase rouge, rouge cet ultime assassinat a dû l'être particulièrement. Et pourtant, il passe inaperçu puisque à ce jour les recherches n'ont toujours rien donné. Mais où un pareil crime peut-il passer inaperçu ?

Anso repensent au local dont Nazaire et lui viennent de forcer l'entrée, aux clichés accumulés dans un caisson et s'étonne de ce que personne avant eux ne les ait trouvés, de ce que le tueur lui-même apparemment n'ait jamais craint qu'on les surprenne. Comment cette situation a-t-elle été possible ?

Pour ne risquer aucune visite intempestive, il fallait donc que ces bureaux fussent loués. Or, d'après la société propriétaire, ils sont disponibles depuis près de trois mois, depuis près de trois mois il ne perçoit aucun loyer. Pourtant, aux dires d'un technicien chargé de la maintenance des locaux, plusieurs professionnels en quête d'une location se sont manifestés.

Quelqu'un, un employé de la société doit alors faire obstacle et s'appliquer à informer chaque locataire potentiel que ces bureaux ont déjà trouvé preneur. Par conséquent, si cet employé n'est pas le tueur, il le connaît probablement.

Le lendemain, se gardant bien d'en informer leur hiérarchie, Anso et Nazaire se rendent au siège social de la société propriétaire des bureaux, Coleman, Lewis et Marchand, afin de s'enquérir de l'employé chargé de faire visiter ces bureaux. Ils sont reçu par M. Coleman, fort irrité par la présence de policiers "chez moi" selon son expression : "L'employé que vous voulez arrêter s'appelle Maloigne, Willy Maloigne, mais ça fait trois semaines qu'il est en arrêt de travail à la suite d'un accident de la circulation. Vous le trouvez probablement chez lui, il a quitté l'hôpital. Voici son adresse."

En arrêt de travail. Se rendant immédiatement à son domicile, les deux hommes éprouvent quelques inquiétudes et les trente minutes qui les séparent de leur destination sont parmi les plus longues de leur carrière. Silencieux, fixant la chaussée, les mêmes questions les paralysent : serait-ce le tueur lui-même, un simple complice, la dernière victime ou bien une erreur, une fausse route ?

Impasse des Coturon… L'adresse est-elle un mauvais signe ? En tout cas, elle les renvoie à la sortie de la ville, non loin d'une importante gare de triage, le bruit des trains ne cesse jamais. Une vieille maison individuelle, du style des maisons bourgeoises du début de siècle, parmi celles que la société de chemin de fer avait fait construire dans les années vingt pour son personnel d'encadrement, quatre marches mènent au perron.

Personne ne vient ouvrir. Ils font le tour, la porte donnant sur le jardin n'est pas fermée et tout de suite, ils devinent, avant même d'ouvrir, le froid, le calme, l'humidité sur la poignée… Progressant lentement à l'intérieur, une odeur épouvantable les saisit bientôt à la gorge qui les guide jusqu'au sous-sol. Croisant sur leur passage un imposant matériel de laboratoire, burettes, tubes à essai, becs Meker, ampoules à décanter, disposés sur des tables et des étagères, ils arrivent enfin dans une pièce sombre où l'air est irrespirable.

Privés d'interrupteur, leur lampe torche allumée dans les mains, ils avancent lentement dans une sorte de chaos, marchant sur des débris de toutes sortes, de bois, de verre, de métal, la pièce semble avoir été soufflée par une violente explosion. Les murs portent les traces de multiples projections indéterminées, mais en butant sur une jambe arrachée, ils en comprennent la nature et imaginent aisément ce qui s'est produit.

Leurs collègues, les renforts de police et l'identification criminelle se rendent aussitôt sur les lieux. L'endroit est rapidement assiégé par des voisins, des badauds et la presse qui répandent l'information dans toute la ville en moins d'une heure. Elle fait l'effet d'une catastrophe : il y a eu un neuvième crime.

Malgré l'empressement des autorités à contredire cette version, en tête desquelles le procureur Bissau, et à affirmer que l'on est en présence d'un accident, l'opinion publique et certains journalistes ne parlent que de la neuvième victime. À ce niveau-là, n'importe quelle mort aurait fait l'affaire. Le commissaire Caminal ne quitte plus son bureau, le préfet refuse toute déclaration et le maire est injoignable tout le week-end. La nouvelle a également pour conséquences immédiates de remettre à la semaine suivante les délibérations des jurés dans le procès Gora-Pemcki.

Accident ou meurtre ? Tout donne à penser que la victime n'est autre que Willy Maloigne. Agé de 38 ans, il vivait seul dans cette maison située à l'écart dans le fond d'une impasse. On le disait d'un caractère renfrogné, d'humeur changeante, très irascible. Les voisins savaient pertinemment, non sans appréhension d'ailleurs, qu'il consacrait tout son temps libre à jouer les apprentis sorciers dans sa cave. Il y avait eu dans le passé plusieurs explosions, de faible intensité certes mais les gendarmes s'étaient à chaque fois déplacés. Il avait même été condamné pour détention illégale d'explosifs et possession de produits toxiques sans autorisation. Malgré cela, il continuait à s'en procurer. Le voisinage avait bien entendu cette dernière explosion mais sans déclencher d'affolement. Elle venait simplement s'ajouter aux autres.

Ces derniers temps, un homme, inconnu dans le quartier, lui avait souvent rendu visite. Nombreux témoins affirment l'avoir aperçu à deux ou trois reprises : "Un homme de taille moyenne avec des lunettes, les cheveux blonds, dans les quarante ans." Tout le contraire de Nassim Lofatt, le voleur présumé de vitriol aux Entrepôts industriels, et dont les recherches n'ont toujours rien donné. Possible que cet inconnu et Maloigne aient eu en commun la passion de l'alchimie, le goût des expériences, qui sait s'ils n'essayaient pas de fabriquer de l'or…

Dans l'esprit de Nazaire Lode, cet inconnu et le tueur ne font qu'une seule et même personne, et Maloigne, sa dernière victime, achevait son œuvre. Toutefois, Altig n'en est pas tout à fait convaincu. La thèse de l'accident peut tenir, d'autant que le locataire n'en est pas à son premier coup d'essai. Le procureur Bissau ne cesse de répéter à la presse qu'il ne s'agit pas d'un crime.

Un accident peut-être, sans doute mais le reste ? Que faire de ces bureaux faussement loués, de la collection de clichés, de l'inconnu lui-même ?

La maison est fouillée de fond en comble, l'équipe du laboratoire et le commando d'experts l'investissent durant près de 24 heures quasiment sans interruption. Un détail gêne le lieutenant Lode. Si l'inconnu est bien le tueur, son apparition brutale dans les dépositions des voisins, même à travers des témoignages imprécis, parfois contradictoires, l'embarrasse. Jusqu'ici, le meurtrier s'est montré discret, secret, effacé, un vrai courant d'air.

Difficile de prendre cette apparition pour de la négligence ou un signe de fatigue sinon de désenchantement. Ce serait bien plutôt une invitation, un encouragement destiné aux enquêteurs, afin que ceux-ci ne négligent rien, ne perdent rien, et retournent chaque pièce, chaque recoin, jardin compris, histoire de leur montrer, de montrer à tous, que son œuvre est achevée, un geste unique.

Anso Altig a conservé près de lui, de sa propre initiative, Nazaire Lode qui, pour la première fois depuis sept semaines, abandonne ses archives et remet les pieds sur les lieux supposés d'un crime. L'un et l'autre examinent avec soin le moindre détail insolite que leurs collègues rapportent de leurs fouilles.

Dans une maison habitée, peu entretenue, une profusion d'objets hétéroclites peut bien s'accumuler à leurs pieds, des livrets, des bouts de ficelles, des boîtes, des bibelots, des outils, sans évoquer quoi que ce soit, même de loin ou approximativement.

Mais là, Nazaire croit reconnaître dans un carton des plaques en métal émaillé de différentes couleurs, des noires, des blanches et des rouges. Les blanches surtout semblables à celles trouvées dans l'ancienne teinturerie de la rue Mancion.

Noir, blanc, rouge, les couleurs du Grand Œuvre de l'alchimie, de son commencement à sa conclusion. Altig se range du côté de son adjoint. Ce n'est pas un accident. Le tueur a bel et bien terminé sa besogne. On n'entendra plus parler de lui.

Rectifiant les premiers jugements, il s'agit moins d'une constellation que d'une métallurgie du crime. Altig, Lode et les autres équipes d'enquêteurs concurrentes doivent se débrouiller avec ce qu'ils possèdent, indices, rapports, témoins, connaissances, remarques, analyses, etc.

Nazaire revient à ses livres comme à l'unique source de compréhension possible. Il reconsidère l'objectif des alchimistes, la *Pierre philosophale* qui assurait la transmutation du plomb en argent ou en or, soit encore la transmutation d'un métal vil en métal précieux. On y parlait aussi de la purification de l'âme, d'élixir de la jeunesse éternelle, *Elixir Vitae*, du remède universel.

Plus intrigant, on y souligne également *Une assimilation entre les mystères métallurgiques et les teintures*, celles-ci n'étaient pas seulement décoratives et superficielles. Elles s'inscrivaient au centre des choses, il fallait voir en elles des principes essentiels que le philosophe devait maîtriser s'il voulait *réaliser la transmutation, c'est-à-dire le miracle d'une métamorphose intégrale*.

Il répète lentement : "Une métamorphose intégrale". Mais la nature de cette métamorphose, de cette transmutation qui traverse les séries de crimes demeure une énigme. S'agit-il de "débarrasser la matière de sa gangue grossière", et l'avait-il au moins suffisamment débarrassée après avoir assassiné neuf personnes ? Et pourquoi précisément neuf ?

De ce fait, ils retournent logiquement du côté de la teinturerie et de l'affaire Carolus : les teintures, les couleurs. Ces crimes paraissent comprendre diverses histoires, à croire que le criminel s'est ingénié à signifier plusieurs projets à la fois avec les mêmes éléments, à moins qu'il n'ait jamais été seul. Les autorités soutiennent la thèse des trois voire quatre criminels successifs, rétives à l'existence d'un lien logique les unissant tous, en dehors d'un mot d'ordre sectaire, et par conséquent hostiles à rattacher ce neuvième crime aux huit précédents ; interprétation bien sûr que rejettent les inspecteurs Altig et Lode.

Il est certes possible que ces crimes aient eu trois ou quatre auteurs, tous contemporains, chacun pour une même série de victimes, constituant à chaque fois une intrigue différente et séparée des autres. Cependant, les meurtriers semblaient se sentir tellement à leur aise dans cette confusion – malgré la netteté des scènes criminelles – qu'il était difficile d'en concevoir plusieurs aussi semblables et rigoureux. Par moments, les policiers avaient été littéralement promenés, dans un sens puis dans un autre, en avant puis en arrière, une vraie danse macabre. Il avait su habilement profiter du nombre élevé d'enquêteurs et de ce qu'ils étaient, avant toute chose, au service de l'ordre public et non pas de la vérité.

Le dimanche matin, Anso Altig et Nazaire Lode reviennent donc sur les lieux du second crime, la teinturerie désaffectée, propriété de feu M. Geber, acquise en 1980 : deux années seulement après son arrivée dans la ville et l'assassinat d'Efim Effeld.

Il paraît incompréhensible d'acquérir ce bien, ainsi que les trois immeubles autour, pour tout laisser ensuite à l'abandon et ne plus s'en préoccuper. En 1984, le premier projet de la mairie concernant ce quartier insalubre promis à la démolition voyait le jour, construire une piscine olympique, laquelle finalement s'élèvera dans un tout autre endroit.

Un deuxième projet fut défendu deux ans plus tard en faveur d'une nouvelle maison de retraite ultra moderne. Les fenêtres et les portes des vieux immeubles furent murées, on éleva les premiers échafaudages et les premières grues mais le projet fut annulé l'année suivante. Un troisième programme porta sur la construction d'une "Maison pour tous", sans suite.

Cette succession de projets abandonnés n'a rien d'insolite en soi. Nombreuses communes rencontrent ce genre de revirement et d'indécision, sauf que le plus souvent, cela tient à des problèmes de sous-évaluation, au changement de maire, de conseillers généraux, de majorité. Or, ce n'était pas le cas ici. Il n'y avait pas eu de mauvaise surprise, de surcoût, de problèmes politiques ou archéologiques, et Cristophe Amone briguait un cinquième mandat consécutif.

Justement, tandis que Nazaire Lode se penche une nouvelle fois sur le problème de la signification des chiffres, présents dans le classeur du couple Geber, il remarque que l'installation de cette famille en ville correspond à la première élection d'Amone à la mairie. Simple coïncidence sans doute.

Toutefois, creusant cette coïncidence, Anso Altig de son côté constate que l'un des fameux comptes bancaires répertorié dans le classeur de Geber sous le chiffre *518*, se vide totalement tous les cinq ans, précisément au moment de chaque élection municipale, cela au profit de *14* et *655*. Comment dès lors ne pas inférer que derrière l'un de ces deux chiffres figurait Cristophe Amone ? Ou peut-être les deux chiffres accolés, les deux mis ensemble, *14655*. Chaque lettre du nom peut se substituer en effet à chaque chiffre.

Un mot de cinq lettres, un nombre de cinq chiffres. Le rapprochement semble s'arrêter là, à bout de souffle. Quoique, en plaçant l'un au-dessus de l'autre, *A* correspond bien à la première lettre de l'alphabet, soit le chiffre *1*.

C'est un bon début, toutefois le *M* de Amone n'est pas la quatrième lettre de l'alphabet mais la 13ème. Certainement, mais en additionnant 1 et 3 de 13 on obtient le *4*. Même chose pour la lettre *O*, 15ème de l'alphabet, 1+5 = *6* ; le *N*, 14ème lettre de l'alphabet, soit le *5* ; et l'autre *5* avec le *E* final. Amone est bien alors égal à *14655*. Amone = 14655. Amone, donc.

Un financement occulte de ses campagnes électorales. Le maire avait ainsi son mécène, son financier, un généreux donateur : M. Geber lui-même. Et si ce dernier se porta acquéreur de cet îlot de vieux bâtiments des quartiers nord, ce fut sans doute dans la perspective de le revendre beaucoup plus cher à la municipalité, réalisant grâce à elle une substantielle plus-value, un large dédommagement.

Un échange de bon procédé en somme, une politesse, une obligation. Or, cette généreuse contrepartie ne se remarque pas, du moins pas de la façon dont on pourrait l'attendre. On ne voit aucun paiement, aucune donation, aucun privilège, ni même aucun service de la mairie à la famille Geber. Et pourtant, celle-ci continuait à financer intégralement et presque obstinément les campagnes de Cristophe Amone, pour un montant identique, considérable, comme s'il s'agissait, non plus d'un don, mais d'un dû.

Tout bien considéré, la thèse de l'échange ne vaut pas grand-chose. Très vite, Geber apparaît comme un simple intermédiaire, sinon un prête-nom, de toute évidence l'argent ne lui appartenait pas. C'est pourquoi il vivait avec sa famille à un niveau largement en dessous de ce qu'autorisait l'état de ses comptes bancaires.

Il avait certainement mission de le reverser au candidat, en se faisant passer pour un donateur, jusqu'à concurrence de ce que la loi autorise, le reste devait être versé secrètement. Les origines et les conditions de Cristophe Amone ne lui permettant nullement de disposer personnellement d'une telle fortune.

Les deux enquêteurs en supposent autant pour ce qui concerne l'îlot insalubre et la teinturerie de la rue Mancion. Plus encore, poussant leur logique jusqu'au bout, puisque Geber s'en était porté acquéreur, Altig et Lode en viennent à se demander si la reconduction systématique de la candidature ne se faisait pas, du moins en partie, dans le but de maintenir intact ce carré d'immeubles insalubres, l'un allant toujours de pair avec l'autre. Certes, la vente avait été conclue mais seul le maire était en mesure d'en interdire la démolition. La suite de projets âprement défendus puis avortés se comprenait peut-être dans l'objectif de les anticiper, sinon de les enrayer tous, et ainsi de mieux dissimuler les véritables intentions.

9

Travailler et trouver

Lode et Altig visitent de nouveau les locaux de la teinturerie, avec à l'esprit l'impression que le premier crime en 1978, qui condamna le commerçant Albert Carolus, s'était peut-être perpétré afin de permettre à Cristophe Amone de mettre la main sur cette entreprise et son proche environnement. Le problème à présent est de savoir d'une part ce que cet ensemble immobilier représente de si précieux ; d'autre part, de trouver le lien qui unit cette histoire immobilière aux trois séries de trois meurtres et à l'alchimie.

Ils descendent au sous-sol. L'endroit a été retourné, passé au peigne fin, comme le reste, sans trouvailles lumineuses en dehors de celles effectuées le premier jour, des vieux vêtements, une paire de chaussures usées, quelques ordures ménagères, une boîte de plaques métalliques émaillées de couleur blanche et deux pages de magazine déchirées, l'une (le montage) représentant un homme brisant un œuf avec un glaive, l'autre montrant des fidèles à l'intérieur d'une église durant la messe.

Une porte donne accès aux caves du bâtiment lesquelles communiquent avec celles des immeubles contigus. Ce réseau souterrain a été également vérifié. Ils l'empruntent à nouveau, lampes torche en main, avec prudence, s'attardant sur chaque zone d'ombre, dans chaque recoin obscur. Si une chose, pensent-ils, ne serait-ce qu'une seule chose, illégale ou de grande valeur, un trafic quelconque, était déniché dans ces goulots sombres et humides, on pourrait confirmer cette théorie aberrante que Cristophe Amone se faisait élire et voulait conserver la mairie en raison précisément de cette chose :

— Dans ce cas, poursuit Anso Altig emporté par son imagination, si l'hypothèse s'avère exacte, il serait presque possible de le situer à l'origine de cette vague d'assassinats. Quelqu'un aurait pu découvrir son trafic ou plutôt vouloir mettre la main dessus. Cela aurait dégénéré… Une sorte de guerre de gangs en somme.

— Vous semblez oublier, rétorqua Nazaire Lode, que sa précédente campagne a été principalement axée sur la lutte contre la criminalité et la délinquance, en se présentant comme le seul capable d'y parvenir, avec une baisse record de 21 % l'année passée. Or, tous ces meurtres compromettent ces chances de réélection, laquelle conditionne la longévité de son trafic, s'il y a trafic. Franchement je ne le vois pas à l'origine de ces crimes. Ça ne tient pas debout.

Ça ne tient pas debout en effet. Les contre arguments stoppent Altig dans son élan. Après un moment, ils reprennent leur progression silencieuse à travers les étroits passages des caves. L'espace du politique est de ceux où presque tout est permis. L'ancien maire Amone n'était pas un modèle d'honnêteté, grossier démagogue – mais les plus fins ne valent guère mieux – il s'appliquait à toucher les cordes réputées sensibles de ses administrés, les ressentiments, les rancœurs, les frustrations des uns et des autres sous couvert de sécurisation, de protection ou de transparence. Ne les aurait-il pas couverts que cela n'aurait rien changé, de tels arguments passent depuis longtemps pour des clauses de style.

On racontait que lors des dernières élections, des hommes de son équipe avaient distribué des tee-shirts et des billets de 20 euros dans certains quartiers défavorisés afin de gagner des électeurs. Mais enfin, les temps et les mœurs ne sont plus à l'émancipation et de là à lui attribuer directement ou indirectement ces crimes... Quand bien même le trafic se montrerait particulièrement juteux, et il le serait à coup sûr.

Si l'on doit déterminer une quelconque activité occulte à partir de l'alchimie, laquelle paraît bien animer la logique de ces crimes, celle de l'or est tout indiquée. C'est pourquoi, alors qu'ils arrivent au terme de leur inspection, Nazaire se met à parler de l'or des alchimistes. L'or qui définit toutes les conversions, les plus profondes comme les plus superficielles, une sorte d'aboutissement universel, cosmique, de toutes les unités. Il récite par cœur : "Les morts se lèveront des tombeaux, ils seront glorifiés et auront la face glorieuse et brillante mille fois plus que le soleil. Le corps, l'esprit et l'âme seront unis glorieusement."

En guise de réponse, Altig propose de faire ouvrir une à une toutes les portes des caves. Il devait bien y avoir une raison pour que l'ex-intermédiaire de Amone rachète ce pâté de maisons presque en ruine, dont la teinturerie occupe le centre. Il devait bien y avoir une raison pour qu'à travers les multiples et malheureux projets de démolition et de reconstruction le concernant, on le maintienne toujours intact. Nazaire Lode psalmodie : "Lege, lege, relege, ora, labora et invenies ; lis, lis, relis, pries, travailles et tu trouveras." Une des plus célèbres injonctions des alchimistes.

Sillonnant le même lieu, les deux hommes semblent percevoir et suivre chacun de leur côté des choses radicalement différentes, sans commune mesure entre elles. Ils réapparaissent à la lumière par une autre sortie, à une extrémité du quartier. Sur le point de fermer la porte derrière eux, Altig fait observer que le passage est à cet endroit beaucoup plus resserré qu'au début, dans l'atelier. Leur visite a commencé par un sous-sol où l'emplacement d'une voiture avait été prévu, elle s'est terminée par des caves où deux cyclistes peuvent tout juste se croiser. Et l'évocation des vélos n'est pas indifférente, ils se souviennent avoir distingué des traces de roues étroites s'enfonçant parallèlement dans les souterrains.

Ce souvenir conduit les deux hommes à faire demi-tour, plus exactement ils reviennent à la teinturerie, réempruntent le sous-sol, retrouvent les traces de pneus, les caves, jusqu'à la porte C2 de l'immeuble, 23 rue Mancion. Cette porte est d'apparence plus robuste que les autres. Ils se regardent un instant, partageant un même sentiment de crainte mêlé d'excitation, espérant aborder un tournant décisif dans leur enquête ; il était temps, depuis presque cinq mois qu'elle traîne en longueur. Quelques brèves précautions d'usage permettent de constater que l'appartement C2 a été muré ; en théorie, la cave n'appartient donc à personne. Elle est forcée.

Ainsi que les deux inspecteurs le pressentaient, les lieux se situent au centre d'un trafic. Dans la cave elle-même, ils ne trouvent pas grand-chose, sinon un chariot vide sur pneus. En vérité cette cave n'en est pas une. Le mur du fond s'ouvre en effet sur un passage qui dessert une courte galerie tout d'abord, puis des égouts traversant la moitié de la ville jusqu'au fleuve. Le soir même, un agent du laboratoire (un seul agent, on est dimanche) relève sur le sol, mêlée à la terre, de la fine poussière d'or.

Un vieux policier, venu en renfort, se souvient d'un ancien rapport des douanes, des années 1991, 1992, provenant de l'autre côté de la frontière distante seulement de deux kilomètres, rapport dans lequel on présentait l'hypothèse d'un trafic entre les deux pays mais dont la nature demeurait inconnue. À l'époque, on n'avait pas donné suite, la perspective de la levée prochaine des frontières atténua sensiblement l'importance du problème.

Aux yeux d'Anso Altig, la présence de cette poussière d'or suffit à définir la nature du trafic.

Malgré la fermeture de la mine de Saussignes, son exploitation devait se poursuivre illégalement. L'or extrait aboutissait probablement à l'ancienne teinturerie, empruntait ensuite les tunnels, avant d'être embarqué sur un bateau, à proximité des égouts.

Cette voie d'accès souterraine existe de longue date, non pas aussi vieille toutefois que les immeubles sous lesquels elle a été creusée par les résistants durant la Seconde Guerre. Les trafiquants eurent le projet de la réutiliser, et c'est ce qui fit de la teinturerie le lieu idéal où décharger l'or discrètement. Afin de disposer du bâtiment en toute liberté, les trafiquants (sans doute Geber lui-même) avaient assassiné l'un des propriétaires Efim Effeld et fait accuser son associé, Carolus, grâce au témoignage de son épouse. La démonstration se tient.

Pour Altig et Lode, cette découverte est tout aussi capitale qu'embarrassante. Peu de gens en prennent connaissance. Villar Costello l'accueille en offrant tous les signes d'un être complètement dépassé, quant au commissaire Caminal, il juge les éléments bien trop minces pour prouver l'existence d'un trafic d'or. De là à y associer le maire, à le rendre en partie responsable des meurtres, c'est pure folie. Ils auraient dû organiser un flagrant délit quand il en était encore temps. Aujourd'hui, ce n'est plus la peine d'y compter.

Dans la presse écrite, un article désigne en termes clairs ce quartier des Alouettes comme étant la plaque tournante d'un trafic, et va jusqu'à insinuer que c'est la raison pour laquelle la mairie s'emploie à en reculer indéfiniment la destruction depuis quinze ans. En réponse, Christopher Amone s'explique en détail, avec émotion, sur ce qu'il nomme des fâcheux contretemps, et combat farouchement les insinuations du journaliste qualifiées de "manœuvre politique". L'auteur de l'article a souvent dénoncé les petits arrangements entre amis de la municipalité. Dernièrement, il évoquait des rétrocommissions dans l'attribution quasi systématique des travaux publics à l'entreprise Vont Colonne.

Malgré cela, peu de spécialistes parient ensuite pour la réélection de Christopher Amone aux prochaines municipales, surtout en face d'une liste concurrente, récemment constituée, conduite par Faby Lessu, Léo Gaillassous et Joy Baculard. On prévoit même la perte de son siège à l'Assemblée nationale au profit de l'un de ces trois nouveaux protagonistes. On parle déjà de rivalité entre les trois membres de la nouvelle équipe, et bien qu'elle soit la dernière à se joindre au groupe, Melle Baculard a de sérieuses chances de l'emporter compte tenu de ses appuis au sein du Conseil général. Son père y siège.

Quant au procès Gora-Pemcki, la mort tragique et obscure à l'explosif de Willy Maloigne, dans le sous-sol de sa maison – peut-être le neuvième crime – a semé quelque trouble dans les esprits des jurés, et la plaidoirie de la défense, profitant de la brèche, s'applique à faire naître en eux l'incertitude.

De sorte qu'ils se retrouvent placés devant l'alternative suivante : ou bien, il n'y a aucun lien entre cette mort et les huit meurtres, ainsi que le soutiennent les autorités policières, la série disparaît et l'on renonce à suivre le réquisitoire qui s'adresse justement à des tueurs en série.

Ou bien cette victime s'ajoute aux autres, et dans ce cas les accusés ne méritent pas les peines requises par le procureur puisque de toute évidence ils n'en sont pas les auteurs, ou alors seulement des deux premiers. Mais alors on revient presque au point de départ et tous les autres meurtres demeurent sans coupable. La population reste avec ses angoisses, la présence de militaires dans les rues, les campagnes de presse contre la police municipale, le palais de justice, la préfecture, etc., le mécontentement général.

Un célèbre chroniqueur judiciaire résume la situation de la manière suivante : *Si la dernière victime n'est pas liée aux précédentes, il n'y a pas de raison a priori pour que la huitième soit liée à la septième, ni celle-ci à la sixième, ainsi de suite, et les accusés n'ont pas leur place dans ce tribunal, ni dans cette affaire, puisqu'on est ici censé jugé des tueurs en série. S'il n'y a pas de série, il n'y a pas de tueurs en série non plus. Mais dans ce cas, que sont tous ces crimes qui terrorisent notre cité depuis plusieurs mois ? D'un autre côté, si nous sommes en présence d'une série, il faut reconnaître que nous ne disposons pas de tous les coupables, quand bien même nous y ajouterions les membres de cette prétendue secte, dans la mesure où la série des crimes s'est poursuivie encore après leur incarcération. Si c'est une série, tous les coupables ne sont pas là. L'enquête n'est pas close et ces accusés sont partiellement les bons ; quoique pour cette part, leur culpabilité soit discutable, ainsi que l'ont montré les audiences. Maintenant, si ce n'est pas une série, nous revenons à la position antérieure.*

La publication de cet article, rédigé par un éminent spécialiste des affaires criminelles, déclenche de vives réactions. Les plus hostiles sont invités à la télévision. Au journal de 13h. Léo Gaillassous parle de "procès atypique" pour lequel il convient selon lui d'abandonner les schémas de raisonnements classiques ou de jugements ordinaires, c'est-à-dire, selon sa propre formule, "éviter une démarche logique", jugée trop simple, inappropriée, parce qu'elle est précisément celle des personnes incapables de tuer. "À circonstance exceptionnelle, réponse exceptionnelle", indique-t-il de façon fort convaincante. Pour finir, le président d'Identité, Racines et Patrimoine reconnaît qu'on ne peut formuler d'explication au crime sans y joindre une certaine complaisance. Il soutient encore que le journaliste auteur de cet article incendiaire est en vérité une victime qui doit horriblement souffrir, sans oser l'admettre lui-même.

Au journal du soir, Faby Lessu intervient avec gravité, au bord des larmes, pour rappeler le sort terrible infligé aux victimes, ainsi que la détresse infinie de leurs familles qui subissent une mort psychologique, plus effrayante encore que la vraie mort. Elle souligne combien les accusés – totalement amoraux, dépourvus de sensibilité, sans doute fanatiques – ont abusé de l'accueil que le pays réserve par tradition à tous les déshérités, quels qu'ils soient, et qu'à ce titre ils méritent une punition exemplaire.

Une nouvelle émission télévisée s'organise spontanément le soir même sur le thème : "Vivons-nous une dérive sécuritaire ?"

Sociologue, psychologue, professeur de philosophie, médecin, homme politique, pénaliste, théologien, se succèdent à l'écran pour démontrer brillamment et avec persuasion qu'il n'en est rien, bien au contraire. Il s'agit simplement de peurs légitimes, d'inquiétudes normales, éprouvées par toute une population en émoi qui demande à être rassurée, réconfortée. En revanche les intervenants estiment unanimement que de réelles et terrifiantes dérives menacent notre monde – la violence, la drogue, la pornographie, la déshérence – dues à l'absence de morale et de repères, alors qu'il y existe une attente réelle, une demande accrue du côté d'une majorité de citoyen.

Le verdict du procès Gora-Pemcki tombe dans la nuit qui ne contente personne. Le premier est condamné à douze années de réclusion, le second à sept. Ils interjettent appel. Les membres de la communauté vont bénéficier d'une mise en liberté provisoire en attendant leur procès pour maltraitance des enfants. D'après certains commentaires, on condamne des innocents, pour d'autres, plus nombreux, on encourage le crime.

Au même moment, Interpol met la main sur un homme au Danemark correspondant trait pour trait au portrait-robot de Nassim Lofatt, auteur présumé des vols de vitriol aux Entrepôts industriels. La police danoise l'a arrêté lors d'un simple contrôle. Il était muni d'un faux passeport au nom de Lester Martin et possédait une arme à feu dans ses bagages.

Appréhendé, il avoue sans grande difficulté, à l'issue d'un bref interrogatoire, avoir recruté Dalil Marin, l'auteur du premier crime. Un homme l'avait engagé pour tuer Numa Gailord, brûler son cadavre, et l'abandonner en pleine forêt en oubliant sur place, de façon pas trop visible, un médaillon portant l'inscription *Solve et Coagula*. Parmi les photographies qu'on lui présente, il identifie Geber comme étant le commanditaire.

Mais c'est tout, le suspect se défend de l'accusation des huit autres crimes. En revanche, il déclare être en effet responsable du vol de vitriol aux Entrepôts Industriels, pour le compte d'un homme rencontré à l'hôtel Cleiss, un type bizarre, dont la description – "bedonnant, 1m70 environ, le crâne rasé, dans les quarante ans..." – correspond au portrait de Willy Maloigne, la dernière victime. Gora est donc libéré dans la plus grande discrétion, mais il doit être rejugé pour racket ; quant à Pemcki, il est reconduit nuitamment à la frontière.

Pour quelle raison Numa Gailord a-t-il été tué ? Sans doute pour avoir vu ou entendu quelque chose concernant l'ancienne teinturerie ; peut-être faisait-il chanter les trafiquants ou envisageait-il de le faire. Qui sait si Geber n'avait pas pris l'initiative d'éliminer Gailord sans informer Amone ni du chantage ni de l'élimination du maître chanteur, même si cet or finançait ses campagnes électorales. Il avait orienté les policiers vers la fausse piste de l'alchimie en plaçant sur les lieux une médaille, discrète mais évocatrice. Geber apparaissait désormais comme le véritable coordonnateur des opérations du trafic, l'homme de terrain qui ne sortait que la nuit telle une bête de proie.

De toute évidence, il a fallu quelque chose pour que la fausse piste de l'alchimie se transforme en vraie piste et que d'un seul crime on passe à neuf. Il est possible finalement d'envisager les huit autres crimes comme étant l'œuvre d'un fervent adepte de la philosophie hermétique – assurément parmi les derniers – révolté de voir l'alchimie servir et abriter de basses manœuvres politico-financières. Reprenant pour son propre compte l'inertie du premier crime, il l'avait conduite jusqu'au bout, en désignant certaines de ses victimes parmi ses principaux acteurs, les Geber, Mme Effeld, Alfredo Moen…

Ce dernier point s'éloigne de l'interprétation qu'en a donnée Nazaire Lode. Selon lui, ce philosophe (c'est ainsi qu'il l'appelle) se sentit moins révolté qu'obligé de conduire cette œuvre à son terme. Et c'était probablement en toute nécessité, à partir des éléments originels, qu'il l'avait achevée : la philosophie supporte mal les demi-mesures et le juste milieu.

Épilogue

Trop de bouleversements avaient secoué la métropole provinciale ces derniers mois pour que la fin du procès mît aussitôt un terme à l'agitation et, dans de nombreux cas, à la vive acrimonie qui anima tant de bonnes volontés. Que tout s'arrête brusquement à l'énoncé du verdict, alors qu'on se sentait capable de poursuivre sur sa lancée pendant de nombreux mois encore, pendant toute une année – à débusquer les mauvaises consciences, les complices, les appuis, les partisans, les sympathisants, ceux qui se cachaient, ceux qui se taisaient, ceux qui faisaient semblant… – il y avait là quelque chose de profondément frustrant et même d'humiliant. Finalement, aucune des promesses que le procès portait en lui ne fut tenue.

Le nouveau maire, Mme Faby Lessu, entamait un programme de séduction et de transparence intitulé *Vocation fonctionnaire*, à l'origine duquel figurait une enquête sur le défaut d'efficacité de la sécurité municipale, ses principaux obstacles tant extérieurs qu'intérieurs. Elle avait juré de la clore une fois les responsabilités des uns et des autres dégagées, et une fois répertoriés les individus indésirables dans la ville : repris de justice, dealers, pervers sexuels, prostituées, proxénètes, sdf (on reprochait à ces derniers d'attirer les délinquants et de provoquer des nuisances).

Bientôt il fallut ajouter à cette liste ceux qui n'avaient rien à y faire, toxicomanes, chômeurs de longue durée, puis ceux qui manquaient de motivation parmi les fonctionnaires. Le maire assurait que ces mesures, notamment celle concernant la prostitution, étaient étrangères à toute espèce de réaction puritaine. Pour preuve, son propre service comptait une femme enceinte qui n'était même pas mariée !

Durant plusieurs semaines, l'équipe DEUS prolongea les contrôles et les expertises que la Division E10, secondée par le groupe V04, avait entamés parmi les agents de l'ordre public, entre autres auprès de Nazaire Lode. Celui-ci ne parvint pas à expliquer ses faibles résultats et, plus ennuyeux, à répondre à cette question délicate : "Pourquoi, depuis toutes ces années, êtes-vous si peu intégré au sein du groupe ?"

Retournant la difficulté dans son esprit, l'intéressé ne vit là aucun problème, témoin presque hébété d'une époque soupçonneuse à l'excès au sujet de toute exception ou anomalie.

La responsable de DEUS jugea néanmoins la conjoncture alarmante. Elle établit un rapport défavorable à l'encontre de l'inspecteur, avec demande de mutation dans une petite localité, accompagnée de son affectation exclusive à des travaux de bureau (classement, courrier, travail de secrétariat, etc.). La démarche fut appuyée par le commissaire Caminal, trop heureux de se débarrasser d'un élément aussi peu coopératif qui n'en faisait qu'à sa tête. Le capitaine Anso Altig multiplia les interventions en sa faveur auprès des très jeunes collègues des équipes V04 et DEUS, sans succès, ces derniers demeurant inflexibles, déploraient qu'un tel individu ait pu être recruté par la police.

Abasourdi, Nazaire Lode espéra un moment être muté dans une campagne profonde où il n'aurait à poursuivre que des voleurs de pommes. Mais on l'expédia dans une banlieue terrible, une espèce de front russe où des enfants d'école primaire allaient en classe avec des armes dans leurs poches. Aussi, préféra-t-il démissionner avant de retourner avec sa femme au bord de l'océan.

En dépit de ces adversités, une préoccupation subsistait chez Lode relativement à son ex-enquête. Ses notes avec lui, il considérait de plus près la signification de la transmutation dans l'alchimie, ce "miracle d'une métamorphose intégrale". Selon les commentateurs dont les ouvrages continuaient d'embarrasser son appartement, la transmutation par la pierre philosophale dans l'*Opus alchymicum* équivalait à précipiter une croissance. Au lieu de compter un an, 10 ans ou 100 ans pour obtenir de l'or à partir d'un métal imparfait, le *Lapis Philosophorum* abolissait cette durée. Il ne s'agissait pas exactement d'un bond en avant, disons que la pierre se substituait au temps.

Du coup, Lode retrouvait ses questions demeurées sans réponses, écrites un soir deux mois auparavant sur son carnet : *Une métamorphose intégrale. De quelle métamorphose, de quelle transmutation est-il exactement question dans ces trois séries de trois crimes ? Et pourquoi précisément neuf ?*

L'un de ses livres mentionnait que chaque individu possède en lui la Pierre philosophale, qu'elle se rencontre partout. Un autre livre stipulait qu'elle est considérée comme *la plus vile et la plus méprisable des choses terrestres*. Un troisième indiquait que l'alchimiste devait se transformer lui-même en Pierre philosophale. Un dernier enfin insistait sur la nécessité d'un *changement radical de perspective* qui permettait *la constitution d'une nouvelle échelle de valeurs*, seule capable de faire apparaître les phénomènes.

La Pierre philosophale est partout, la plus méprisable des choses terrestres. Et sans doute, cette succession de neuf meurtres était méprisable, mais encore fallait-il que cela s'accorde avec cet énigmatique "changement radical de perspective" qui devait logiquement faire apparaître tous les phénomènes : la chose méprisable, la transmutation, la Pierre philosophale.

Cependant, dire que ces meurtres étaient méprisables n'avait rien d'un changement radical de perspective. C'était, tout au contraire, d'une affligeante banalité. L'espace matériel, les faits eux-mêmes ne recensaient guère les moyens de cette altération du point de vue. Ils avaient été traversés, retournés, examinés tellement de fois ; tellement de fois on les avait étudiés, décomposés, analysés. Et en dehors de cet espace matériel, il ne restait que le spirituel.

D'un autre côté, on comptait un grand nombre d'indices qu'il était difficile d'oublier. Alors qu'il croyait ne plus savoir au juste où orienter ses recherches – et moins encore s'il convenait de chercher – Nazaire Lode songeait aux scènes de crime. Il se rappelait les corps ou ce qu'il en restait. Après le deuxième meurtre, il s'était senti contraint de tenir une espèce d'inventaire, moins pour tenter d'élucider des problèmes que pour débarrasser son esprit des images, des impressions, qui l'encombraient.

Ces corps coupés, brûlés, déchirés, meurtris, bouillis, ouverts, broyés, pulvérisés, d'une certaine manière, d'un certain *point de vue*, ce recensement, cette écriture, avait quelque chose des corps eux-mêmes, comme leur prolongement, leur continuité. Les corps étaient devenus écrits. Pouvait-il s'agir d'un "changement radical de perspective" ? Conviendrait-on d'une métamorphose intégrale ?

Lode éprouva le sentiment qu'une seule possibilité désormais s'offrait à lui. Il s'agissait non pas d'effectuer une synthèse des deux espaces – matériel et spirituel – dans la mesure où il est impossible de synthétiser deux domaines qui n'ont, de toute évidence, aucun point commun. Non pas une synthèse donc ni une combinaison, ce qui reviendrait sensiblement au même, mais une conjugaison entre les faits eux-mêmes et l'écrit.

Le meurtrier avait voulu terminer un travail, une tâche ou une mission quelconque, comme s'il s'agissait d'une œuvre. Il s'était efforcé avant tout d'achever quelque chose qu'il n'avait pourtant pas commencé. Demeurait à présent la question de savoir ce qui avait bien pu évoquer chez lui ce dévouement à partir du premier crime ?

Sur les lieux, dans la clairière, il n'y avait eu pratiquement aucun indice, en dehors des empreintes de pas et des traces de pneus, ce n'était certainement pas ce qui l'avait incité à terminer un œuvre aussi grand soit-il. Quelle chose alors l'avait décidé, quel élément avait déclenché en lui cette machinerie infernale ? À cette question, Nazaire Lode ne voyait que le médaillon trouvé sous le banc de pierre, l'inscription latine du médaillon, *Solve et Coagula*, ce médaillon et rien d'autre. Mais comment le meurtrier en avait-il pris connaissance ?

Le lieutenant s'était bien gardé de crier sa trouvaille sur tous les toits. Seules deux personnes en avaient été informées. Son coéquipier du moment, Villar Costello, qui s'était contenté de hausser les épaules, jugeant ridicule de prendre ce médaillon pour un indice, avait été la première. Quant à la seconde personne, il s'agissait de l'employé du laboratoire qu'il avait sollicité pour la traduction de l'inscription latine, l'employé du laboratoire, l'ancien bedeau.

Lode se rappelait ce matin où, le croisant dans les escaliers du commissariat, il lui avait lancé jovialement : "Solve et coagula, tout un programme !" Le lieutenant s'était contenté de sourire et d'acquiescer, sans analyser le commentaire : "Tout un programme". À croire que dans ces mots latins, tout fut déjà contenu, déjà prêt, et qu'il avait suffi d'en déployer la signification, de la déplier, à la façon d'une lettre, pour que les séries de crimes s'accomplissent mécaniquement, nécessairement. Tout un programme. *Solve et coagula*. Ces premiers mots comprenaient en eux-mêmes toute la suite. On n'aurait pu ni l'arrêter, ni procéder d'une autre manière.

En attendant de déménager, et lorsque l'attente veut lui paraître moins longue, le lieutenant Lode s'applique à retracer cette histoire, ou plutôt ces histoires, depuis le commencement, c'est-à-dire depuis la découverte macabre d'un corps humain calciné dans la forêt, à la sortie de la ville, en décembre dernier.

Respectant les séries du meurtrier, et mis à part ce premier crime, il obtient trois volets, lesquels offrent une certaine mesure du désastre – des différentes formes du désastre – autrement dit le crime et l'envers du crime, celui-ci désignant les convulsions médiatiques et politiques liées à l'affaire ; ce domaine, même si on n'y déplore aucun mort, s'avère bien souvent pire que le premier. Maintenant, quelques spécialistes des phénomènes étranges et paranormaux, soutiennent que cet épisode sordide provenait d'une influence de la mauvaise étoile.

Extrait du *Journal de Villar Costello*

Vendredi 23 mai

Nicol et Basagran ont été déplacés. Officiellement, c'est une sanction. Officieusement, l'un et l'autre bénéficient d'une promotion. Le premier est nommé vice-consul, le second contrôleur général, certes aux antipodes mais tout de même.

Je ne suis pas arrivé à mettre la main sur les fameuses informations qui ont permis à Basagran d'obtenir ce poste. C'était peut-être un bluff, mais je ne le crois pas. Je suis même persuadé qu'elles concernaient les rapports entre le préfet et la famille Demblayer.

On a eu droit à une nouvelle équipe d'enquêteurs chevronnés, spécialistes des situations confuses et mystérieuses, qui a repris les affaires en main, avec autorité s'il vous plaît, la section DEUS, (l'ancien bedeau m'a confié que cela signifiait Dieu en latin, rien que ça !) débarquée presque en même temps que notre nouveau commissaire. Il a enfin quitté l'hôtel des

Cigognes, depuis 15 jours qu'il y jouait au billard, aux frais de la princesse.

Comme prévu, le procès Gora-Pemcki a eu lieu. Aucune des parties n'a convaincu, ni la défense ni l'accusation, et pour cause. Un bilan très mitigé par conséquent, décevant pour tout le monde. Les peines, 12 et 7 ans de prison, sont jugées insuffisantes pour des crimes et trop élevées pour des délits. Le commissariat avait travaillé durant des semaines sur la thèse du réseau moldave et pour finir personne n'en a tenu compte.

Apparemment, peu de gens croient en l'existence d'un 9ème crime. Pour la plupart, il s'agit d'un accident, et l'arrestation d'un ultime suspect, un dénommé Lofatt, n'a rien donné, malgré les détails de sa déposition. Je pense qu'on la lui a dictée. En tout cas, ce ne sont pas les délires de Lode et d'Altig qui l'inquiéteront. Le bonhomme peut dormir tranquille. De toute façon, les gens en ont marre des crimes. Ils sont passés à autre chose.

Mardi 4 juin

Faby Lessu a chipé le fauteuil de maire à Amone lors des dernières élections municipales – c'était couru d'avance – et je la vois bien s'imposer aux prochaines législatives. Elle aussi use et abuse du mot victime, une vraie professionnelle de la souffrance. La manœuvre est grossière mais ça marche très bien et personne n'ose la dénoncer. Le mot est devenu sacré. On dirait un nouveau crucifix devant lequel on ne peut que courber l'échine.

Nouveaux enquêteurs, nouvelle municipalité, nouveau commissaire : tous sont gonflés à bloc. Lessu a indiqué dans un communiqué interne ce qu'elle attend de sa police : Unité, encadrement, fermeté. À défaut d'être efficace, la formule a produit son effet, surtout sur les médias et les nouvelles recrues. Sauf quand on a affaire à quelques drôles qui se torpillent eux-mêmes en affirmant que "l'encadrement est à nos sociétés ce que l'alignement était à la société nazie". Celui-là est resté 2 semaines avant d'être poussé vers la sortie. Certains s'imaginent le métier comme on le montre à la télévision. Une bande de bons copains tellement heureux d'être ensemble qu'ils ne se contentent pas d'arrêter les méchants durant la semaine : ils se retrouvent les week-ends pour faire la fête.Mon ex-coéquipier Lode est muté dans une banlieue sordide. Si l'objectif était de le faire réagir, c'est gagné puisqu'il parle de démissionner. Sa décontraction habituelle, qui le faisait passer pour quelqu'un qui s'accommode de tout, en énervait plus d'un, moi le premier. Je l'avais prévenu sur ce point et sur d'autres également comme sa manie de prendre ses distances avec tout le monde, mais il n'a rien voulu entendre. Enfin, je suis content de le voir déguerpir.

Puisque les crimes ont cessé. Isabelle et les enfants sont revenus. Tout est rentré dans l'ordre. L'actualité aidant, on oubliera assez vite ce qui s'est passé dans notre ville. D'ici 5 ou 6 mois, les voyageurs se diront en la traversant "ça me dit quelque chose". C'est un des avantages des sociétés de consommation, l'information est un produit consommable comme le reste. L'opinion se lasse aussi rapidement qu'elle se passionne, habituée qu'elle est à la variété ; habituée et dépendante, car elle exige sa dose hebdomadaire de faits divers. Un même crime ne peut faire les gros titres plusieurs jours de suite sans devenir ennuyeux, à moins de générer quelques rebondissements.

Depuis la défaite de Christophe Amone, ses démêlés avec la justice reviennent en force et les langues se délient. C'est tellement bon de frapper un homme à terre. Grâce à lui, les Demblayer *obtenaient des subventions dont une partie en retour finançait ses campagnes électorales. L'animal a eu tout le temps de se constituer un bon gros patrimoine immobilier ici et à l'étranger. En trente ans de mairie, il s'est goinfré. On parle de détournements de fonds portant sur plusieurs centaines de millions. Jusqu'ici, il a toujours nié, mettant tout sur le dos de son ex 1er adjoint Alfredo Moen qui n'est plus de ce monde pour se défendre. Mais le juge chargé de l'affaire a reçu un document compromettant pour l'ancien élu, document que lui auraient fait parvenir... les Demblayer.*

La roue tourne.

Du côté de la nouvelle mairie, c'est un peu le grand pardon. On affirme que les écarts malheureux de l'ancienne équipe municipale sont d'un autre temps désormais révolu. Les obscurités de sa politique appartiennent au passé, à d'autres mentalités, à d'autres gens, plus naïfs que malhonnêtes a précisé le communiqué de la mairie. Le vainqueur se doit d'être une grande âme.

Cela dit, la rupture entre les deux administrations n'est pas aussi radicale qu'on le croit. Car le 1er adjoint d'Amone, Alfredo Moen, *assassiné en novembre dernier, a été paraît-il l'amant de l'actuelle mairesse. Et je tiens du lieutenant Gense, qui s'est occupé de l'affaire, que certains éléments du dossier ont mystérieusement disparu après être passés par la mairie, dès le lendemain de l'investiture de Faby Lessu, comme par hasard. La grande âme peut avoir ses faiblesses.*

Jeudi 20 juin

En 1984, les mouvements écologistes de part et d'autre de la frontière l'emportaient dans leur combat contre les Demblayer. Ils obtenaient la fermeture de la mine d'or de Saussignes, accusée de polluer les eaux du fleuve. Quelques années plus tard, le site était classé au patrimoine industriel.

Malgré l'interdiction, les propriétaires ont continué à exploiter la mine en recourant cette fois à une main d'œuvre étrangère clandestine. Le classement du site leur a facilité la tâche. Une centaine de travailleurs faisaient les trois huit et logeaient sur place dans des conteneurs. L'or quittait le pays en utilisant une galerie souterraine creusée dans le quartier des Alouettes et à laquelle la teinturerie Effeld et Carolus donnait un accès privilégié.

C'est Alfredo Moen qui suggéra aux Demblayer de l'acheter et de l'utiliser. À l'époque, Moen et Mme Effeld étaient amants. C'est également Moen qui proposa de mettre Geber sur le titre de propriété. L'assassinat de Effeld mis sur le compte de Carolus fut d'ailleurs une idée de Geber.

Moen était au service des Demblayer, rémunéré comme directeur commercial, en vérité leur éminence grise. Ce sont eux qui l'avaient imposé à Amone comme 1er adjoint. Amone étant le plus souvent à la capitale, c'est Moen qui dirigeait la ville, autrement dit les Demblayer. C'est par leurs actions combinées et répétées qu'ils arrivèrent à faire classer le site de Saussignes.

L'argent récolté par la vente de l'or était mis en partie sur le compte de Geber (officiellement, des gains au jeu), une autre partie était placée sur des comptes à l'étranger. Son fils, Antoine, se chargeait de transporter les fonds.

Pendant la guerre, Geber (de son vrai nom Baptiste Ham) avait travaillé pour Vichy et la milice où il s'était révélé très efficace. Nombreux résistants, partisans ou sympathisants communistes et gaullistes, avaient été capturés grâce à lui. À la libération, il s'était enfui aux USA avec de l'argent volé. Là-bas il a changé d'identité. Quand il est rentré en France, avec femme et enfant, il est allé tout droit chez Moen. Apparemment, les deux hommes étaient restés en contact. Ils se connaissaient depuis longtemps. Adolescents, ils avaient fait les 400 coups ensemble.

Quand Geber est revenu, trente ans plus tard, personne ne l'a reconnu, mais pour plus de précaution, il évita de sortir dans le monde. L'ancien collabo avait laissé en ville des plaies qui n'étaient toujours pas cicatrisées.

Numa Gailord, qui traînait souvent la nuit, remarqua les activités glauques autour de l'ancienne teinturerie. Il rencontra Geber pour lui demander d'y participer, ce qui signa son arrêt de mort.

Pour éliminer Gailord, Geber fit appel à Lofatt, un ancien militaire qui vivait de l'autre côté de la frontière et rendait de petits services aux patrons de la région, notamment aux Demblayer, lors de grèves ou de manifestations ouvrières. À chaque fois, il descendait à l'hôtel Cleiss.

C'est lui normalement qui aurait dû exécuter Gailord et faire disparaître son cadavre. Il eut la mauvaise idée de vouloir utiliser de l'acide. Comme il en fallait beaucoup, pour ne pas éveiller de soupçons, il se fit embaucher aux Entrepôts Industriels pour le voler par petites quantités successives qu'il remisait ensuite à l'ancienne teinturerie. Geber aurait appris la manœuvre et lui aurait demandé d'arrêter immédiatement. C'est alors que Lofatt confia cette tâche à Dalil Marin, un chauffeur livreur qui avait eu affaire à la police dans le passé pour trafic de drogue, lui-même était toxicomane.

J'ai appris que Marin avait fait le coup avec Guy Moll, un de ces copains de prison, et qui n'a pu s'empêcher de le raconter à l'un de mes indicateurs, Willy Maloigne, grand amateur d'explosifs et d'expériences en tous genres. Sa passion l'obligeait à fréquenter le milieu d'où il me rapportait toujours de précieux renseignements. Mais il aurait fini par faire sauter tout le quartier.

Lorsque Nazaire Lode ramena de la forêt sa pièce métallique, solve et coagula, *je me suis dit que c'était le moment, surtout après la traduction qu'en donna l'ancien bedeau dissolution et coagulation. Le temps était venu de dissoudre l'ancien régime.*

Depuis des décennies, la municipalité était aux ordres des Demblayer qui régnaient en maîtres absolus sur la province. Rien ne s'y décidait sans leur accord. Christopher Amone, le député maire, systématiquement réélu depuis vingt ans grâce à l'argent de cette famille, n'était qu'un de leurs pantins dont ils agitaient les ficelles.

J'ai commencé par l'ex Mme Effeld qui avait donné son aval au meurtre de son mari lorsqu'elle était la maîtresse de Moen. Je n'ai eu qu'à utiliser l'acide laissé à l'ancienne teinturerie par Lofatt qui l'avait prévu pour faire disparaître le cadavre de Gailord. La voie de l'alchimie était tracée. Il ne me restait plus qu'à la suivre. Le couple Geber, leur fils, Alfredo Moen, Dalil Marin, Guy Moll et enfin Willy Maloigne.

La succession des crimes réduisait le cercle sur Amone et sur Demblayer. Ils le voyaient bien l'un et l'autre mais ne pouvaient pas en informer la police ou la presse sans dévoiler leurs secrets et se trahir eux-mêmes.

Nazaire Lode l'avait bien vu. Il fut le plus menaçant et faillit compromettre mes plans. Mais je suis arrivé avant lui.

J'aurais pu joindre à ma liste Aron Demblayer, mais en perdant la main sur son fief, le patriarche de Saussignes est entré dans une telle rage qu'elle a provoqué une crise cardiaque qui l'a terrassé. Il n'avait pas l'habitude d'être contrarié à ce point. Sa disparition a mis un terme à l'exploitation de l'ancienne mine qui servait à enterrer des déchets industriels toxiques venant de l'étranger. Le parcours était exactement le même que celui de l'or, mais en sens inverse.

En vérité, l'extraction de l'or avait cessé depuis longtemps. Numa Gailord avait vu que des centaines de fûts sortaient chaque nuit de l'ancienne teinturerie. Il n'était pas difficile de voir que cette activité était illégale. Au lieu de se taire, cet abruti est allé proposer ses services. Ils ne l'ont pas raté.

Amone a donc perdu la mairie, ça lui a fait un choc ; à force d'être réélu, il s'en croyait presque le propriétaire. Dans le même élan, la justice l'a rattrapé et mis en examen. Le juge qui le pistait depuis des années a réuni suffisamment d'éléments contre lui : détournements de fonds publics, abus de biens sociaux... Il a dû renoncer à se présenter aux prochaines législatives.

Il fallait que quelqu'un débarrasse la ville de cette engeance qui bloquait la région et, plus grave encore, qui interdisait à de nombreux talents de s'exprimer, au prétexte qu'ils ne répondaient pas aux attentes des gens.

Cerisy B, 2001.

Annexes

Références sur l'Alchimie

Tirées de *L'Alchimie*, de Laurent Greiner, éd. Desclée de Brouwer, 1991 :

- Encore appelée "Philosophie hermétique", du nom d'un Dieu ou d'un personnage mythique grec Hermès Trismégiste (Hermès *Trois fois grand*) le fondateur de la doctrine.

- Le soufre parmi les principes actifs de la matière dite première ou brute, la Materia prima "féconde et menaçante" des alchimistes. Cet élément vient s'ajouter au vitriol, quelquefois "assimilé au mercure", entrant dans cette même matière première. Les alchimistes - ou philosophes hermétiques - projetaient de fabriquer la "Pierre philosophale" au terme de ce qu'ils appelaient le *Grand Œuvre* ou *Magistère*, qui comprenait un ensemble d'opérations rigoureuses divisées en trois phases : la nigredo, l'albificatio, la rubificatio ; en clair, l'œuvre au noir, l'œuvre au blanc et l'œuvre au rouge (*Mélansis, leùkosis, iosis*, signifiants grecs des noir, blanc et rouge) :

"L'œuvre au noir participe du geste séparateur du Solve, la dissolution, souvent évoqué par l'image d'un homme brisant un œuf avec un glaive Le blanc, le jaune, la coquille représentent les trois principes du soufre, du mercure et du sel structurant la matière. Après la nigredo vient l'albificatio. Il s'agit de couper la tête du corbeau, la matière se purge de son obscurité, de sa gangue grossière et s'achemine vers sa blancheur. L'œuvre au blanc doit s'achever à son tour sur la fusion des deux principes antagoniques, le mercure et le soufre, et la teinte pourpre. C'est pourquoi le troisième œuvre est appelé rubificatio. Encore une fois, le philosophe se conforme au schème Solve et Coagula."

- Geber nom emprunté à un alchimiste arabe du VIIIème siècle, Djabir, ibn Hayyan. (…)

- Utilisation des chiffres, de code secret, fort répandu dans la tradition alchimiste, des équivalences simples et célèbres entre chiffres et lettres.

- La Pierre philosophale assure la transmutation du plomb en argent ou en or, c'est-à-dire encore la transmutation d'un métal vil en métal précieux. On y parlait aussi de la purification de l'âme, d'élixir de la jeunesse éternelle, *Elixir Vitae*, du remède universel. Plus intrigant, on y soulignait aussi "une assimilation entre les mystères métallurgiques et les teintures", celles-ci n'étaient pas seulement décoratives et superficielles. Elles s'inscrivaient au centre des choses, il fallait voir en elles des principes essentiels que le philosophe devait maîtriser s'il voulait *réaliser la transmutation, c'est-à-dire le miracle d'une métamorphose intégrale* : "débarrasser la matière de sa gangue grossière."

La transmutation par la pierre philosophale dans l'Opus alchymicum équivalait à *précipiter une croissance*. Au lieu de compter un an, 10 ans ou 100 ans pour obtenir de l'or à partir d'un métal imparfait, le Lapis Philosophorum abolissait cette durée. Il ne s'agissait pas exactement d'un bond en avant, disons que la pierre *se substituait au temps*.

Références sur l'Alchimie

Tirées de *Forgerons et alchimistes*, de Mircea Eliade, Champs Flammarion, 1977.

La Pierre philosophale se rencontre partout, elle est considérée comme "la plus vile et la plus méprisable des choses terrestres". L'alchimiste doit se transformer lui-même en Pierre philosophale. Nécessité d'un "changement radical de perspective" permettant "la constitution d'une nouvelle échelle de valeurs", seule capable de faire apparaître les phénomènes.

Remerciements à Madame Barbara Gatineau, Attachée de conservation et Documentaliste aux Musées de la ville de Strasbourg.

Table des matières

Solve et coagula 7

L'œuf et le glaive 19

Une tête de corbeau 31

L'inspiration du crime 72

Trois fois grand 87

Anagramme 114

Métamorphose 128

Travailler et trouver 147

Épilogue 162

Annexes 183